CB057646

OXALÁ É QUEM SABE

e outros contos afrodiaspóricos

OXALÁ É QUEM SABE

e outros contos afrodiaspóricos

Rogério Athayde

Copyright © 2023
Rogério Athayde

Todos os direitos reservados
à Pallas Editora e Distribuidora Ltda.

Editoras
Cristina Fernandes Warth
Mariana Warth

Coordenação editorial
Daniel Viana

Assistente editorial
Daniella Riet

Revisão
BR75 | Clarisse Cintra

Capa
Clara Zúñiga (conceito e arte)
Daniel Viana (direção de arte e layout)

Registro fotográfico da arte de capa
Aurélio Oliosi

Este livro segue as regras do Acordo Ortográfico da Língua Portuguesa.

CIP-BRASIL. CATALOGAÇÃO NA PUBLICAÇÃO
SINDICATO NACIONAL DOS EDITORES DE LIVROS, RJ

A886o

Athayde, Rogério, 1969-
Oxalá é quem sabe : e outros contos afrodiaspóricos / Rogério Athayde. - 1. ed. - Rio de Janeiro : Pallas, 2023.
208 p. ; 21 cm.

ISBN 978-65-5602-111-9

1. Contos africanos. 2. Mitologia africana. I. Título.

23-85666   CDD: Af869.3
                         CDU: 82-34(6)

Gabriela Faray Ferreira Lopes - Bibliotecária - CRB-7/6643

Pallas Editora e Distribuidora Ltda.
Rua Frederico de Albuquerque, 56 — Higienópolis
cep 21050-840 — Rio de Janeiro — RJ
Tel.: 21 2270-0186
www.pallaseditora.com.br | pallas@pallaseditora.com.br

Para Chico Chicote Papelote.

SUMÁRIO

11 Prólogo

19 Enugbarijó. A boca que tudo come

37 O pássaro de infinita beleza

45 A pérola negra

49 A espera

57 Hoje e Amanhã

61 A cidade dos loucos

71 O construtor de labirintos

77 Orunmilá foi visto no mercado

85 Lembra!

93 A cabeça

103 Quando morrem os elefantes

113 As quatro irmãs

119 Onde se esconde a sabedoria

125 Oxalá é quem sabe

143 Notas

PRÓLOGO

Houve um tempo, ah se houve, em que as coisas eram bem mais complicadas. Bem mais complicadas. As coisas que estão no mundo não eram somente as coisas que estão no mundo. Eram outras coisas, que ninguém vê, mas que é sabido estarem lá, porque delas temos presságio.

Houve um tempo, muito tempo antes de haver depois, em que a água do rio era água do rio, e era também uma deusa, bonita demais, que saía de seu leito para outros, outros leitos, úmidos também, feitos de outros lençóis e outras correntes. Entrar nas águas do rio, banhar-se nas águas do rio – ai, ai! – não podia ser coisa fácil então. Ninguém podia ter seu corpo lavado sem permissão, com risco de ficar ainda mais sujo diante da deusa. Esse tempo houve.

Nessa mesma época, épocaseras atrás, a terra que pisamos, lavramos e andamos distraídos com nossos pés não era somente a terra que pisamos, lavramos e andamos distraídos; era também uma deusa, que amava os humanos, mesmo conhecendo suas imperfeições, suas vulgarices e desajustamentos. Ela desejava que a prosperidade alcançasse suas vidas passadiças. Mas não podia permitir que cortassem sua pele, furassem sua carne e extraíssem seus frutos sem consentimento. Então a terra cobraria seu preço. Nessas mesmas épocaseras.

E cada coisa que no mundo existe era aquela mesma coisa existente e outra também, que todos sabiam haver ali. Um deus no ferro, outro na folha e na raiz, um deus no fogo, uma deusa na tempestade, uma outra na lama, um deus no sopro, no ar e no algodão. Cada coisa existente se complicava, sendo a coisa existente e também outra coisa existencial.

Havia um tempo, ah, havia sim que sei por ter estado lá, havia um tempo muito mais complicado, em que cada coisa existente era aquela mesma coisa, exata mesma coisa, e outras e outras, tantas mais que estavam lá, feito os segredos que não são ditos, mas que todos já fazem por saber de sua existência descoberta. E foi nesse tempo sem tempo, que não fica nem antes nem depois, foi nesse tempo em que as coisas eram bem mais complicadas. Mas eram também muito mais fáceis. Porque eram mais complicadas, mas não eram mais difíceis do que hoje são. Ah, não, não! Hoje tudo é muito difícil, muito mais difícil que no tempo em que as coisas eram somente complicadas. Hoje é preciso conhecer coisas que não parecem ter muito sentido, usar coisas, fazer coisas, falar de coisas, todas muito mais difíceis. Mas nenhuma delas é mais complicada. Nenhuma mais complicada que descobrir o deus do movimento dentro da pedra que não se mexe. O deus que põe toda a realidade para ter dobradura nela mesma, tantas e tantas vezes, e que está logo ali, ó!, ali, sentado, comendo e bebendo com os homens e falando bobagens junto deles. Esse mesmo deus, que está no meteoro e no cometa, na estrela e no asteroide, está também na formiga, no verme, no velho e no moço, na boca do leão e no rodamundo do caracol – que, por sua vez, está em tudo que se conta – está no corpo do que há. Eu sei e não vi. Mas tenho certeza. Ele sempre esteve, ele é, ele era e ele será.

Esse tempo não tinha contas de somar, não tinha confins para descobrir, não tinha exatidão de contar e medir, nem desejos que assim fossem formulados. As coisas só eram mais complicadas porque cada coisa existente era a precisa coisa existente e outras mais. Não há mistério em dizer isso. Ou pelo menos não deveria haver. Porque, afinal, o mundo inteiro era composto de palavras; palavras reunidas em histórias. E essa informação complica ainda mais as coisas. Palavras e histórias. Foi assim mesmo que ouvi contar. E quem me contou viu quando as coisas assim eram. Todas as coisas existentes eram compostas por palavras,

palavras e histórias. Por isso eram mais complicadas, mas não eram mais difíceis.

Então imagine um mundo inteiro composto por palavras. Todas as coisas feitas de palavras. Imagine um mundo em que cada átomo fosse palavra, cada grão de areia, gota de água, folha, fio ou célula fosse palavra. Ninguém veria somente o deserto, mas as histórias que contam o deserto; não veriam somente o oceano, mas as histórias que contam o oceano; não veriam somente a floresta, mas as histórias que contam a floresta; não veriam somente o tecido, mas as histórias que contam o tecido; não veriam somente pessoas, mas as histórias que contam as pessoas. E tudo o mais seria assim. Pois bem, esse tempo existiu, ah, se existiu ou não existiu! Existiu sim, porque foi assim mesmo, desse jeito, sem tirar nem pôr, que me contaram ter havido.

Há muito tempo, as coisas eram mais complicadas. Mais complicadas porque eram feitas de palavras e histórias. E palavras e histórias que contavam sobre as coisas, sem nunca ser o bastante saber das coisas medindo, calculando ou classificando. E cada coisa tinha sua história ou mais de uma, ou muitas histórias. Foi assim que aprendemos a ser quem somos: contando histórias. Contando histórias do que existe e vemos, do que existe e não vemos, do que não existe e não vemos e do que gostaríamos que existisse e vemos mesmo assim, como o claro do dia.

Histórias. Elas falam de tudo desde sempre. Inventamos e destruímos civilizações com o arranjo formoso de suas palavras. Há muito tempo assim o fazemos. A epopeia de Gilgamesh, o longo poema do Mahabharata, a Ilíada e a Odisseia, todas as histórias reunidas nas Metamorfoses de Ovídio, as *hurafat* e as *asmar* de Sherazade e suas mil e uma noites, todas essas e ainda outras mais dão bons exemplos disso. E não somente as histórias que se escreveram, e em maior número, aquelas que nunca ganharam o papel, mas que se mantiveram vivas nas bocas encantadas dos contadores de histórias. Histórias que nasceram aqui e acolá, ganharam a lonjura de além-oceanos, atravessaram montanhas, desafiaram desertos, circularam nas cidades, vivendo em outras vidas, diaspóricas, exiladas de seus sítios, vivendo em outros idiomas, transformadas sempre, iguais e diferentes de si mesmas. São as histórias de quando os deuses andavam conosco, os animais ainda falavam, as árvores mexiam suas raízes feito haverem-se como pernas, e os objetos tinham vontade e desejo. Chamamos a estas histórias encantadas de mitos – cosmogônicos, quando os deuses e o universo inteiro são criados, e etiológicos, quando as coisas do mundo são criadas e suas existências justificadas – e fábulas – quando as histórias têm interesse moral e instrutivo. Todas essas histórias nos compõem, mesmo que não saibamos, mesmo que não queiramos, mesmo que não as conheçamos. São nosso pertencimento.

Este pequeno volume que o leitor tem em mãos é uma homenagem apaixonada às histórias que foram escritas depois de terem sido tantas vezes contadas sem papel e grafite. São histórias transmitidas a partir da tradição oral iorubá, um povo da costa ocidental africana, mais ou menos onde hoje encontramos a Nigéria. Os iorubás chegaram às Américas com a desumanidade da escravização. Foram desterrados, raptados, violentados, roubaram suas casas, suas famílias, sua cultura e sua felicidade. Na diáspora americana, recontaram as histórias de seus deuses, as fábulas de suas crianças, os mitos de criação do universo. Sobreviveram, adaptaram, acomodaram uma rica literatura oral, ou oralitura, que guarda em seu estojo um verdadeiro tesouro de saberes, em prosa e verso. Essas histórias pertencem ao extenso repertório das narrativas de Ifá, que é o nome de uma divindade, de um conhecimento e também de um oráculo. Estão a serviço – se é possível dizer dessa forma – da consulta oracular. Com elas contamos as histórias de cada um de nós, de maneira exemplar, como alegorias existenciais que são. As que compõem este livro são recontos, algumas; outras são invenções, confessadas sem artifício, inspiradas por um provérbio, uma frase, memória, desmemória ou imagem, todas habitantes dos reinos de fantasia e milagre existentes em Ifá.

Essas histórias, e é somente uma última coisa a dizer, essas histórias não tem dívidas de valor ou importância com qualquer outra herança cultural das histórias tradicionais. Possuem as mesmas virtudes das gestas nórdicas, dos contos hindus, dos mitos gregos, guaranis, chineses, hopis, polinésios, e das fábulas, que por toda parte deste mundo, que é grande e também pequeno, nos atrevemos a dizer que conhecemos. As histórias de Ifá são bonitas que só. E são também importante fonte de sabedoria, provocação e interesse. Vem chegando o tempo em que essas histórias começam a ser mais conhecidas, mais respeitadas, mais contadas e recontadas para o encantamento de quem conta e de quem ouve o contado.

Ah, houve, sim, um tempo! Tempo que não corria para frente nem para trás, mas que se rocambolhava dentro de si mesmo; um tempo em que tudo era mais complicado sem ser difícil; um tempo que é também agora e será aquele que está por principiar. Ou, que novamente, recomeça.

ENUGBARIJÓ.
A BOCA QUE TUDO COME

Um homem precisa ter filhos.
Uma mulher precisa ter filhos.
Aquele que tem filhos será lembrado.
Aquele que tem filhos terá felicidade.
Aquele que tem filhos conhecerá o amor.

Orunmilá e sua esposa Yebiiru desejavam ter filhos.
Eles queriam ser lembrados.
Eles queriam ter felicidade.
Eles queriam conhecer o amor.

Orunmilá deixou sua casa para fazer uma jornada.
Ele andou muitos dias.
Muitos dias, até chegar à casa dos sacerdotes de Ifá.
Muitos dias ele andou, até encontrar o lugar onde viviam os Babalawos.

Orunmilá desejava conhecer seu destino.
Ele pediu licença e de dentro da casa ouviu a resposta
Entre, você é bem-vindo!

Os Babalawos estavam sentados no chão, em suas esteiras feitas com palha de palmeira trançada.
Uns ficavam à direita.
Outros à esquerda.
O mais novo deles sentava-se bem no meio, com o rosário de Ifá pendente em suas mãos.

Orunmilá disse Que faço para ter filhos?
Os Babalawos entenderam seu desejo.
Eles recitaram os poemas de Ifá para Orunmilá.
Por horas e horas, contaram a ele seu destino.
Eles recomendaram que Orunmilá fizesse oferenda.
Orunmilá ouviu o que disseram os Babalawos.
Mas não fez a oferenda.
Nem antes ou depois.
Nem no princípio ou no fim.
Ele pediu licença.
Ele se levantou.
Ele se despediu.
E então foi embora.

Orunmilá deixou a casa dos Babalawos para continuar sua jornada.
Ele andou muitos dias.
Muitos dias, até chegar à casa do criador das coisas.
Muitos dias ele andou, até encontrar o lugar onde vivia Olodumare.

Orunmilá desejava conhecer seu destino.
Ele pediu licença e de dentro da casa ouviu a resposta
Entre, você é bem-vindo!

Olodumare estava sentado no chão, em suas esteiras feitas com o caule seco da taboa.
Olodumare tinha companhia em sua casa.
Era Oxalá, o senhor de tudo o que é branco, responsável pela criação das criaturas humanas.
Os dois, Olodumare e Oxalá, estavam juntos, sentados um ao lado do outro, criando as coisas para no mundo colocar.
E assim continuam a fazer.

Orunmilá disse Quero ter filhos.
Quero uma criança para ter em casa.

Olodumare respondeu que ainda não era hora de Orunmilá ter crianças em casa.
Oxalá disse Volte depois.
Volte em trinta dias.
Aí terei terminado de criar aquele que estou criando.

Orunmilá não queria voltar depois.
Não queria voltar em trinta dias.
Aí será tarde, ele disse.
Por que não me dá uma criança para ter em casa?
Oxalá respondeu Porque não tenho crianças prontas para você levar para casa.
Orunmilá disse E aquele que está na porta da casa?
Aquele não, disse Oxalá. Aquele não!
Orunmilá, você não pode levar aquela criança para ter em sua casa!
Você não poderá acariciá-lo na terra.
Oxalá disse assim.

Qual é seu nome? quis saber Orunmilá.
Disse Oxalá Por que você quer saber o nome dele?
Orunmilá respondeu Como poderei saber quem ele é se não conheço seu nome?
Oxalá suspirou fundo o ar em volta de sua cabeça branca e disse O nome dele é Exu.
Mas você não deve levá-lo para sua casa. Não ainda.
Orunmilá disse Eu irei acariciá-lo.
Oxalá entendeu que a vontade de Orunmilá era coisa que não se dobraria.
Oxalá disse Orunmilá, coloque sua mão sobre ele e retorne ao mundo.

Orunmilá fez isso.
Colocou sua mão sobre a cabeça de Exu e partiu.

Quando Orunmilá voltou para casa, sua esposa, Yebiiru, tinha a barriga grávida.
Os dois estavam felizes.
Teriam um filho para acariciar.

Os meses passaram.
Mais que o normal do tempo das gestações.
Então nasceu a criança.
Era um menino.
Seu nome é Exu, disse Orunmilá.
E foi assim que Exu nasceu entre os homens.

No primeiro dia de seu nascimento, Exu disse:
Mãe, mãe!
Eu tenho fome!
Quero comer ratos do arbusto!

Ouvindo isso, Yebiiru cantou:
Filho amado, filho meu!
Coma, meu filho. Você não deve ter fome.
Coma, meu querido. Continue comendo.
Uma criança é como uma pedra preciosa!
É como ter cobre reluzente nas mãos!
A criança traz felicidade,
Assim como os campos floridos da primavera.
Aquele que tem filhos será lembrado.
É assim que roubamos da morte o esquecimento.
Vá, marido. Traga comida para nosso filho.

Então Orunmilá foi à feira e foi ao mercado.
Foi comprar ratos do arbusto e do bosque também para seu filho comer.
Trouxe de lá todos os que encontrou.
Os grandes e os pequenos,
os de pelo e os de pele,
os que cavam longe e os que não,
até que se acabassem,
sem mais nenhum haver nas vilas, nas estradas e cidades.

Exu comeu.

Todos os ratos do arbusto e do bosque também, todos os que seu pai havia trazido, Exu comeu.
E ele disse Quero mais!
Não temos mais, filho amado.

Exu chorou, chorou e chorou, a noite inteira ele chorou por não ter mais o que comer.

No segundo dia depois de seu nascimento, Exu disse:
Mãe, mãe!
Eu tenho tanta fome!
Quero comer peixes!

Ouvindo isso, Yebiiru cantou:
Filho amado, filho meu!
Coma, meu filho. Você não pode ter fome.
Coma, meu querido. Continue comendo.
Uma criança é como um cristal puro!
É como ter prata cintilante nas mãos!
A criança traz felicidade,
Assim como a água fresca no verão
Aquele que tem filhos será lembrado.
É assim que cobramos da morte o destino.
Vá, marido. Traga comida para nosso filho.

Então Orunmilá foi ao rio e foi ao mar.
Foi pescar peixes de água doce e salgada também para
    seu filho comer.
Trouxe de lá todos os que encontrou.
Os grandes e os pequenos,
os de couro e os de escama,
os que nadam longe e os que não,
até que se acabassem,
sem mais nenhum haver nos córregos, nas lagoas e
    oceanos.

Exu comeu.

Todos os peixes de água doce e salgada também, todos
   os que seu pai havia trazido, Exu comeu.
E ele disse Quero mais!
Não temos mais, filho querido.

Exu chorou, chorou e chorou, a noite inteira ele chorou
   por não ter mais o que comer.

No terceiro dia depois de seu nascimento, Exu disse:
Mãe, mãe!
Eu tenho muita fome!
Quero comer pássaros!

Ouvindo isso, Yebiiru cantou:
Filho amado, filho meu!
Coma, meu filho. Você não precisa ter fome.
Coma, meu querido. Continue comendo.
Uma criança é como uma pérola rara!
É como ter ouro brilhante nas mãos!
A criança traz felicidade,
Assim como os frutos maduros do outono.
Aquele que tem filhos será lembrado.
É assim que tiramos da morte a loucura.
Vá, marido. Traga comida para nosso filho.

Então Orunmilá foi ao mato e foi à granja.
Foi pegar pássaros selvagens e de cercados também
    para seu filho comer.
Trouxe de lá todos os que encontrou.
Os grandes e os pequenos,
os que cantam e os que piam,
os que voam longe e os que não,
até que se acabassem,
sem mais nenhum haver nos quintais, nas gaiolas e
    arvoredos.

Exu comeu.

Todos os pássaros selvagens e de cercados também,
   todos os que seu pai havia trazido, Exu comeu.
E ele disse Quero mais!
Não temos mais, filho desejado.

Exu chorou, chorou e chorou, a noite inteira ele chorou
   por não ter mais o que comer.

No quarto dia depois de seu nascimento, Exu disse:
Mãe, mãe!
Eu ainda tenho fome!
Quero comer carnes!

Ouvindo isso, Yebiiru cantou:
Filho amado, filho meu!
Coma, meu filho. Você não quer ter fome.
Coma, meu querido. Continue comendo.
Uma criança é como um diamante perfeito!
É como ter um sol brando no peito!
A criança traz felicidade,
Assim como o agasalho quente no inverno.
Aquele que tem filhos será lembrado.
É assim que tomamos da morte o tempo.
Vá, marido. Traga comida para nosso filho.

Então Orunmilá foi à floresta e foi à fazenda.
Foi capturar animais ferozes e de criação também para
    seu filho comer.
Trouxe de lá todos os que encontrou.
Os grandes e os pequenos,
os que rosnam e os que mugem,
os que correm longe e os que não,
até que se acabassem,
sem mais nenhum haver nos currais, nas brenhas e
    savanas.

Exu comeu.

Todos os animais ferozes e de criação também, todos os que seu pai havia trazido, Exu comeu.
E ele disse Quero mais!
Não temos mais, filho adorado.

Exu chorou, chorou e chorou, a noite inteira ele chorou por não ter mais o que comer.

No quinto dia depois de seu nascimento, Exu disse:
Mãe, mãe!
Minha fome é coisa que nunca se acaba!
Quero comer você!

Ouvindo isso, Yebiiru cantou:
Filho amado, filho meu!
Coma, meu filho. Você não terá mais fome.
Coma, meu querido. Continue comendo.

Então Exu não esperou mais nada.
Ele pegou sua mãe viva e a comeu.
Exu comeu. Sua mãe inteira e amada, Exu comeu.
E ele disse Quero mais!

Não tenho mais nada, filho mimado, respondeu Orunmilá. Tudo se acabou.

Exu chorou, chorou e chorou, a noite inteira ele chorou por não ter mais o que comer.

Foi aí que Orunmilá entendeu que era hora de consultar o oráculo de Ifá.

Então Orunmilá consultou Ifá.
E ele falou. Como sempre fala,
sem nunca deixar de falar,
ele falou, seu idioma de enigmas.

Ifá disse Orunmilá, se apresse!

Sua vida está ameaçada! Vá fazer oferenda!
Você precisa de uma espada e mil e um búzios.
Corra!
Orunmilá fez a oferenda.
Lançou os búzios na terra e a espada afiada pôs na bainha.
Orunmilá agora estava preparado.

No sexto dia depois de seu nascimento, Exu disse:
Pai, pai!
Minha fome é coisa medonha!
Quero comer você!

Ouvindo isso, Orunmilá cantou, assim como Yebiiru, sua
 esposa, havia feito tantas vezes, Orunmilá cantou:
Filho amado, filho meu!
Coma, meu filho. Você não tem mais fome.
Mas coma, meu querido. Continue comendo.

Então Exu não esperou mais nada.
Ele se colocou de pé com um salto e foi na direção de
 seu pai.
Orunmilá fez o mesmo, tendo os búzios sob seus pés e
 a espada em suas mãos.
Exu queria comer.
E quando ele escancarou a boca,
Orunmilá usou sua espada amolada.

Orunmilá cortou o corpo de Exu muitas e muitas vezes.
Em muitos pedaços teve seu corpo cortado.
E em cada corte de Exu que de seu corpo cortava,
ainda se multiplicavam outros pequenos recortes como
    ele.
Porque em cada corte Exu estava colado, inteiro.
E todos os cortes ainda pensavam atacar seu pai,
    sorrateiro.

Orunmilá separou o corpo de Exu muitas e muitas vezes.
Em muitas partes teve seu corpo separado.
E em cada parte de Exu que de seu corpo apartava,
ainda se produziam outros pequenos fragmentos como
    ele.
Porque em cada parte Exu estava todo, inteiro.
E todas as partes ainda tentavam comer seu pai,
    primeiro.

Orunmilá rasgou o corpo de Exu muitas e muitas vezes.
Em muitos retalhos teve seu corpo rasgado.
E em cada arte de Exu que de seu corpo criava,
ainda dobravam outros pequenos remendos como ele.
Porque em cada obra Exu estava completo, inteiro.
E todos os retalhos ainda precisavam ferir seu pai,
    certeiro.

Duzentas novas porções de Exu, divididas meio a meio,
Em outras duzentas novas porções, multiplicadas em
    dobro.
Tantas e tantas, nascidas sem parar de seu seio,
Tantas que não houve número que se pusesse cobro.

A maior parte de Exu, aquela que restou de tantas outras
 suas recortadas, se colocou diante de Orunmilá e disse:
Meu pai! Você me venceu!
Orunmilá disse Onde está sua mãe? Eu a quero de volta!
Então Exu trouxe sua mãe de volta à vida.
Orunmilá disse Onde estão os ratos, os peixes, as aves
 e todos os outros animais do mundo, onde estão?
Eu os quero de volta!
Então Exu trouxe cada bicho que havia comido, grande
 ou pequeno, trouxe cada um deles de volta à vida.
E agora, meu pai? O que mais o senhor deseja?
Filho amado, filho meu!
Quero que você volte comigo.
Ah, meu pai! Isso é coisa que já não posso fazer.
Porque eu não sou mais desse mundo.
Mas ponha uma pedrinha vermelha na porta de casa.
É pra se lembrar de mim.
Quando precisar, diga meu nome, que venho correndo
 pra prestar ajuda.

Orunmilá se despediu de Exu.
Yebiirú se despediu de Exu.
E depois de tudo isso, voltaram os dois para casa.

Quando o tempo cumpriu seu corrediço,
Orunmilá e Yebiirú tiveram muitas crianças,
muitas crianças para passarem a mão pela cabeça.
E Exu se distribuiu pelo mundo, feito uma multidão
 de si mesmo, sempre inteiro, sempre todo, sempre
 e em toda parte.

O PÁSSARO DE INFINITA BELEZA

Amar não é coisa razoável.
Ou seria?
E se ainda desconfio disso – ah, mas logo disso! –
não posso alcançar ter nenhuma coerência.
O que somos capazes de fazer, loucos que somos todos
nós, tendo o amor por justificativa?

Amar não é coisa transitiva.
Ou seria?
E tendo feito essa pergunta – ah, mas essa mesmo! –
não teria posto em dúvida sua permanência.
O que somos capazes de fazer, obstinados que somos
todos nós, tendo o amor por companhia?
Amar não é coisa simples.
Ou seria?
E tendo colocado isto em questão – ah, mas justo isto! –
não haveria de ser contrária sua experiência.
O que somos capazes de fazer, atrapalhados que somos
todos nós, tendo o amor como tonteria?

O que, em nome do amor, fazemos todos nós?

Há muito tempo, havia – ah se havia ou não havia! –
um reino governado por grandes feiticeiros sombrios.
Eles se ocupavam noite e dia com suas artes mágicas.
Sem cansar. Sem cessar.

Todas as manhãs os feiticeiros ouviam o canto de um
 pássaro que vinha de muito longe.
Era tão lindo!
Por alguns minutos eles paravam seus bruxedos e ape-
 nas ouviam.
Ah! Que pássaro será esse? Onde deve viver? Como
 deve ser?
Todas as manhãs.
Até um dia em que os feiticeiros tomaram a decisão.
Eles sairiam em uma jornada para encontrar o pássaro.
E assim procederam.
Arrumaram suas bagagens, seus farnéis, amuletos e
 talismãs.
Partiram enquanto ainda era noite, porque dessa forma
 andavam melhor dentro da mata escura.
Foram muitos dias.
Sem cansar. Sem cessar.

Todas as manhãs, bem cedo, ouviam o canto do pássaro, cada vez mais próximo, mais claro, ainda mais
 bonito.
Ah! Que pássaro será esse? Onde deve viver? Como
 deve ser?

Então, finalmente, os feiticeiros ouviram, bem acima de suas cabeças, no galho mais alto da árvore mais alta, eles ouviram o canto amado do pássaro misterioso.
Ah! Como é lindo! Bonito como nenhuma outra criatura pode ser.
Suas cores, suas asas, seus olhos! E sua voz! Ah! Sua voz!
Perfeito como nos sonhos de um louco.
Por alguns minutos os feiticeiros ficaram parados.
Ouvindo. Olhando.
Sem nada dizer. Sem nada fazer.
O pássaro terminou seu canto, abriu as asas, deu um pequeno impulso gracioso e se foi embora, como um pensamento feliz.

E agora? Que faremos? Viveremos aqui?
Poderemos refazer nosso reino entre essas árvores?
Seria demorado. E trabalhoso.
E quem sabe jamais consigamos terminar sua construção.
Também não devemos abandonar nossas tarefas para levantar o novo reinado.
Mas então? Que faremos?

E agora? Que pensaremos? Morreremos aqui?
Poderemos desfazer nosso reino entre aquelas árvores?
Seria apressado. E tormentoso.
E quem dera jamais possamos começar sua demolição.
Também não carecemos esquecer nossos deveres para derrubar o antigo reinado.

Mas então? Que faremos?
Em suas cabeças uma ideia trevosa foi se formando, feito um verme que se multiplica sozinho e adoece o hospedeiro.
Levamos o pássaro conosco!
Disseram com uma só voz.
Não criaremos nada novo. Não destruiremos nada velho.
Tomaremos o que sempre achamos ser nosso.
O que nunca poderia ter estado longe de nós.
O que não deveria ser de mais ninguém.

Reuniram seus apetrechos de magia para preparar a armadilha.
Falaram idiomas mortos que faziam as folhas caírem secas de seus galhos; conjuraram cordéis invisíveis que flutuavam no ar, como se tivessem vida própria; e esperaram o tempo passar, imóveis, feito as sombras da floresta.
Sem cansar. Sem cessar.

Na manhã seguinte, os feiticeiros ouviram, bem acima de suas inteligências, no galho mais alto da árvore mais alta, eles ouviram o canto misterioso do pássaro amado.
Ah! Como é lindo! Bonito como nenhuma outra criatura deve ser.
Suas patas, suas penas, sua cauda! E sua voz! Ah! Sua voz!
Perfeito como as fantasias de uma criança.
Por alguns minutos os feiticeiros ficaram parados.

Ouvindo. Olhando.
Sem nada dizer. Sem nada fazer.
O pássaro terminou seu canto, abriu as asas, e antes que pudesse dar o impulso gentil que o levaria embora, foi preso por sortilégios de tenebrosa magia. Não se debateu nem produziu som.
Parecia congelado em câmara fria e transparente.

Os feiticeiros não costumavam sorrir.
E não foi essa a vez que seus rostos tiveram o enfeito da pequena distorção que a alegria provoca. Mas sentiram alguma coisa por dentro. Algo estranho para seus corações acostumados às sombras da noite. Talvez fosse satisfação. Talvez contentamento. Quem sabe, felicidade. É muito provável que jamais saibamos o que sentiram. Mas certamente tratava-se de uma curiosa leveza, que deixava o corpo um pouco mole e a cabeça meio tonta.

Não demoraram a partir.
Gesticularam seus dedos magros delicadamente, fazendo esvoaçar os pertences de viagem.
O pássaro seguiu boiando por sobre eles, feito um balão sem barbante.
E foi assim que retornaram.
Muitos dias caminhando.
Sem cansar. Sem cessar.

Até que chegaram.
Estavam de volta ao reino da magia.

Sem perder tempo, juntaram todo o ouro que possuíam guardado em seus cofres de ferro, couro e latão.
Fundiram barras, travas, correntes e fechaduras do precioso metal.
Prepararam uma enorme gaiola dourada, linda e reluzente, para manter ali o pássaro de infinita beleza.
Mexeram seus dedos finos novamente, fazendo a ave imobilizada flutuar até o interior de sua prisão.
Desfizeram o feitiço paralisante e ela acordou, sem nada entender.
Onde estava a floresta? Que lugar seria este?
E esses homens, quem são? Como vim parar aqui?

Os bruxos assistiram seu bicho preferido voar de um canto a outro do cativeiro sem mover uma fibra sequer de suas carnes cinzentas.
E tão logo terminaram a tarefa de fechar o pássaro na casa de ouro, voltaram a praticar suas artes de ilusão.
Sem cansar. Sem cessar.

Correu o dia, a tarde e a noite também.
Na manhã seguinte bem cedo, os feiticeiros se aproximaram da clausura que haviam construído para o pássaro amado.
Esperaram que cantasse.
Mas ele ficou em um dos cantos dourados de sua cela.
Inerte. Mudo.
Os carcereiros não souberam o que acontecia.
Olharam uns para os outros sem ter pensamento capaz de explicar o silêncio da gaiola de ouro.

Tentaram comida. E nada.
Tentaram bebida. E nada.
Tentaram bruxaria. E nada. Nada.
Muitos dias passaram, muitos, juntados em semanas, meses e anos.
Nunca mais a ave cantou.
Nunca mais ouviram sua voz, apesar de terem tentado tantas vezes.
Sem cansar. Sem cessar.
Assim termina a história do pássaro de infinita beleza preso no reino da magia.

A PÉROLA NEGRA

Bem perto da beira do oceano vivia um pescador de pérolas.

Todas as manhãs ele partia com seu pequeno barco até chegar distante ao ponto em que costumava mergulhar profundo.

Jogava a âncora improvisada com pedra e corda em armação para manter seguro seu retorno à superfície.

Passava um tempo ali, distraído, a ouvir o som que produzia o mar quando sacudia o madeirame de sua embarcação.

Então erguia o corpo esguio, enchia os pulmões de ar e maresia, e se atirava diagonal na água salgada, feito os arpões usados em caça às baleias.

Alcançava o fundo onde descansavam as ostras que haviam adoecido com os grãos de areia em seu estojo.

Tomava todas que pudesse carregar consigo, com a ansiedade dos meninos quando recolhem presentes.

Voltava com rapidez sufocada para o socorro de seu barco e começava a abrir seus tesouros.

Pérolas. Muitas pérolas.
Nenhuma, porém, como a que ele desejava.
Nenhuma delas a pérola negra e obstinada.

Como era de seu natural procedimento nessas ocasiões, devolvia ao mar uma a uma daquelas esferas vulgares, como se não possuíssem valor ou beleza.
Tornava a mergulhar, pescava mais ostras para abrir suas cascas duras e as descartava, de novo e de novo, todas exiladas de suas casas, afogadas em abandono e esquecimento.
Como o dia tivesse fim, juntava o peso submerso que o mantinha cravado às marés e voltava para o litoral remando seu tormento.
Dia após dia. Ano após ano.

Mas depois de tanto o tempo se repetir, o costume foi contrariado e o destino adejou por curso diverso.
O pescador veio à tona e se pôs a abrir as ostras capturadas com a tristeza rotineira de nunca encontrar a pérola negra e porfiada.
Mas então, que surpresa!
Sua pérola negra e amada!
Bem ali, entre seus dedos molhados.
Ele gritou. Ele pulou.
Na solidão que só o mar concede aos homens, ele comemorou seu achamento.
Sua pérola negra e namorada.
Que alegria!
Tanto tempo procurando.

Tanto tempo desejando.
E agora ali, entre suas mãos suadas.
Ele gritou. Ele pulou.
Mas... Oh! Que infelicidade!
A pérola, negra e cismada, escorregou de seu pertencimento, como se vida possuísse, e voltou ao fundo do mar, caindo lentamente, para abismos mortais, pérola negra e tombada.
Desesperado, o pescador se atirou junto, querendo recuperar o que era tão seu.
Mas a pérola, negra e determinada, misturou seu corpo escuro à matéria turva do mar; e desapareceu, sonegada.
Para sempre.

O pescador voltou ali, todos os dias de sua vida, deixando sempre a cada vez um pouco dela entre os sargaços flutuantes da superfície.
Buscava encontrar sua pérola negra e obcecada, quem sabe só mais uma vez, tê-la consigo.
Mas ele nunca mais a viu, pérola negra e extraviada.

A ESPERA

Esta é a história de um homem que desejava vingança.
Não conhecemos que ofensa sofreu ou mesmo se era
verdadeira a razão de sua zanga. Sabemos apenas
que estava determinado a fazer uma longa jornada
e encontrar seu inimigo em uma cidade distante.
Este homem, mesmo certo do que deveria fazer, foi
visitar Orunmilá, o divinador.
Aquele que tem sabedoria.
Aquele cuja inteligência é conhecida em todos os cantos.
Aquele que conhece a profundeza da alma dos humanos.
Ele queria conselho para não falhar em sua missão.
Chegou à tardinha, bateu três vezes na porta rangente
e de dentro da casa ouviu a resposta.

Quem bate?
Sou um homem que não se conforma com o próprio
destino.
O que buscas?
Vingança!

Para quê?
Para ter minha desforra.
Essas não foram boas respostas.
Então diga você, mais velho: como posso ter sucesso em minha viagem?
Sua pergunta também não é boa.
Como devo perguntar, mais velho? O que devo fazer para seguir meu destino e ter a vingança que desejo?
Você não deve ir.
Mas como?!
Você não deve ir.
Mas eu vou!

Orunmilá, o divinador, percebeu a vontade feroz do homem e falou com sabedoria.
Você não deve ir. Esse é o meu conselho.
Mas se sua decisão for mesmo seguir adiante, não esqueça do que vou dizer.
Se encontrar um buraco no caminho, não passe por ele, não o contorne, não o atravesse;
se encontrar uma árvore no caminho, não passe por ela, não a contorne, não a atravesse;
se encontrar um rio no caminho, não passe por ele, não o contorne, não o atravesse.

O homem ouviu atento às recomendações, entendeu como pôde entender, agradeceu e partiu.

Andou muitos dias acompanhado de seus rancores.
Muitos dias ele andou, tendo uma ideia fixa em sua cabeça.

Até que encontrou em seu caminho um buraco aberto.
Nem grande, nem pequeno.
Mas suficiente em tamanho para que detivesse seu passo.
Ele se lembrou do que havia dito Orunmilá, o divinador.
Sentou. E esperou. Esperou. Esperou.
Esperou, mesmo quando não parecia ser sensato fazê-lo.
O tempo passou diante de seus olhos.
Muitas estações chegaram e foram embora.
Lentas como continuamente são.
As folhas das árvores caíram e uma a uma cobriram o vazio do buraco.
Já posso ir, ele pensou.
O homem levantou seu corpo jovem e seguiu.
Preciso cumprir meu destino.

Andou muitos dias acompanhado de seus temores.
Muitos dias ele andou, tendo um pensamento firme em sua cabeça.
Até que encontrou em seu caminho uma árvore caída.
Nem grande, nem pequena.
Mas suficiente em tamanho para que impedisse seu passo.
Ele se lembrou do que havia dito Orunmilá, o divinador.
Sentou. E esperou. Esperou. Esperou.
Esperou, mesmo quando não parecia ser razoável fazê-lo.
O tempo passou dentro de seus órgãos.
Muitas estações chegaram e foram embora.
Famintas como incessantemente são.

Os vermes da madeira comeram e um a um destruíram as fibras da árvore.
Já devo ir, ele pensou.
O homem levantou seu corpo maduro e foi.
Preciso encontrar meu destino.

Andou muitos dias acompanhado de suas dores.
Muitos dias ele andou, tendo um juízo preso em sua cabeça.
Até que encontrou em seu caminho um rio caudaloso.
Nem grande, nem pequeno.
Mas suficiente em tamanho para que interrompesse seu passo.
Ele se lembrou do que havia dito Orunmilá, o divinador.
Sentou. E esperou. Esperou. Esperou.
Esperou, mesmo quando não parecia ser responsável fazê-lo.
O tempo passou longe de suas lembranças.
Muitas estações chegaram e foram embora.
Ligeiras como insistentemente são.
Os cursos de água correram e um a um secaram o leito do rio.
Por que preciso ir, ele pensou.
O homem levantou seu corpo velho e parou.
Preciso saber qual era meu destino.

Foi quando decidiu retornar.

O DINHEIRO E A AMIZADE

O Dinheiro e a Amizade eram amigos.
O Dinheiro tinha muito dinheiro.
A Amizade, ao contrário, não tinha dinheiro algum.
Um dia a Amizade pediu dinheiro emprestado ao Dinheiro.
O Dinheiro emprestou dinheiro à Amizade e os dois marcaram uma data para o pagamento.

O tempo passou.
No dia combinado, porém, a Amizade não tinha dinheiro para pagar ao Dinheiro.
O Dinheiro não gostou daquilo.
Mas não disse nada.
A Amizade se desculpou e os dois marcaram outra data para o pagamento.
Pela segunda vez, o tempo passou.
No dia combinado, porém, a Amizade não tinha dinheiro para pagar ao Dinheiro.

O dinheiro não gostou nada daquilo. E dessa vez reclamou.

A Amizade pediu desculpas novamente e os dois marcaram outra data para o pagamento.

Pela terceira vez o tempo passou.

E, de novo, no dia combinado, a Amizade não tinha dinheiro para pagar ao Dinheiro.

O Dinheiro ficou furioso. E dessa vez não se calou.

A Amizade tentou se desculpar.

Mas nada que dissesse a Amizade foi capaz de acalmar o Dinheiro.

O Dinheiro foi então procurar Orunmilá, o divinador, aquele para quem nenhuma pergunta é tola, mas tolas podem ser as vontades que nos levam a fazer perguntas tolas.

O Dinheiro desejava saber o que deveria ser feito para ter seu dinheiro de volta.

Orunmilá disse ao Dinheiro que ele deveria voltar para sua casa e se acalmar, que mais nada deveria fazer.

O Dinheiro, muito contrariado, voltou para casa.

Acontece que, no caminho de volta, o Dinheiro passou em frente à casa da Amizade.

E ele não se conteve.

Começou a reclamar, falar alto, dizer que aquilo era muito errado, que a Amizade tinha que pagar o que devia.

A Amizade, coitada, saiu de casa toda humilde, pedindo desculpas, que não sabia o que fazer, que não tinha dinheiro para pagar ao Dinheiro.

O Dinheiro gostava de andar com roupas caras e bonitas.

Nessa ocasião ele vestia uma túnica toda branca, feita do linho mais puro, com fios de ouro e desenhos trançados de algodão; calçava sandálias de couro de búfalo, colares de pedras azuis e um cajado com ponta de ébano.

O Dinheiro falava cada vez mais alto.

A Amizade se desculpava cada vez mais baixinho.

O povaréu, atraído pelo barulho, se juntou para ver o que acontecia.

O Dinheiro, com raiva, sacudia seu cajado com ponta de ébano enquanto gritava com a Amizade.

E, vendo que todos olhavam, assim se fazia cada vez mais confiante.

Até que, sem querer, o Dinheiro atingiu a Amizade com seu cajado com ponta de ébano.

A Amizade caiu no chão machucada, o rosto sangrando.

O povaréu, que tudo assistia, se pôs indignado com a situação. Correram para ajudar a Amizade e puseram o Dinheiro para correr dali.

O Dinheiro fugiu envergonhado.

A Amizade voltou para sua casa humilhada.

E nunca mais se falaram, o Dinheiro e a Amizade.

É por esta razão que se diz que o dinheiro fere a amizade.

HOJE E AMANHÃ

Hoje e Amanhã eram muito amigos.
Estavam sempre juntos pensando em uma maneira de prosperarem e conseguirem ser felizes.
Mas por mais que se esforçassem nunca conseguiam ter sucesso.
Foram tantas as frustrações que os dois já não eram mais levados a sério por ninguém.

Eles diziam:
Será que serei rico?
Quem sabe?
Quem pode dizer o que terei no futuro?
Quem sabe?
Será que terei filhos?
Quem sabe?
Quem pode dizer o que conseguirei no futuro?
Quem sabe?
Será que construirei casas?
Quem sabe?

Quem pode dizer o que farei no futuro?
Quem sabe?
Será que serei feliz?
Quem sabe?
Quem pode dizer como serei no futuro?
Quem sabe?

Todos riam e debochavam de suas tentativas.

Então chegou um dia, como costuma chegar sempre,
um dia em que Hoje e Amanhã se dirigiram à casa de
    Orunmilá, o sábio,
aquele que entende que não existem os tempos,
que o passado é a lembrança presente do que houve,
que o presente é a percepção momentânea do que ocorre,
e que o futuro é a esperança presente do que virá.
Hoje e Amanhã foram à casa de Orunmilá, o sábio,
aquele que reconhece a existência dos tempos,
para tentarem mudar sua sorte.
Hoje queria saber como deveria agir para ser uma pessoa
    melhor amanhã;
Amanhã desejava ser feliz e saber como as atitudes de
    agora interfeririam em seu futuro.
Eles fizeram as perguntas certas.
Os dois amigos, inseparáveis sempre, foram bem
    aconselhados.
Façam ebó, disse Orunmilá.

Eles cumpriram o que lhes foi solicitado.
E desde então tudo o que fizeram em suas vidas passou
    a ser coroado de sucesso.

Quem quer que deles zombasse, teve de se calar.
Quem quer que deles desconfiasse, teve de se calar.
Quem quer que deles tripudiasse, teve de se calar.
Hoje e Amanhã dançam e cantam a canção da alegria.

Será que serei rico?
Quem sabe?
Quem pode dizer o que terei no futuro?
Quem sabe?
Nós sabemos! Sim! Nós sabemos!
Porque fazemos agora o que mais tarde conquistaremos!

Será que terei filhos?
Quem sabe?
Quem pode dizer o que conseguirei no futuro?
Quem sabe?
Nós sabemos! Sim! Nós sabemos!
Porque geramos agora o que mais tarde cuidaremos!

Será que construirei casas?
Quem sabe?
Quem pode dizer o que farei no futuro?
Quem sabe?
Nós sabemos! Sim! Nós sabemos!
Porque planejamos agora o que mais tarde levantaremos!

Será que serei feliz?
Quem sabe?
Quem pode dizer como serei no futuro?
Quem sabe?
Nós sabemos! Sim! Nós sabemos!

A CIDADE DOS LOUCOS

Quem me chama?
É você? Você, de quem esqueci o nome.
Como se chama?
Sim, sou eu.
Não sei. Não sei a quem chamar.
Quem te chama?
Sou eu? Eu, de quem esqueci o nome.
Como me chamo?
Sim, é você.
Não sei. Não sei a quem chamar.

Você está sozinho?
Sempre estamos.
Não é desta solidão de que falo.
Existe outra?
Sim, existe. Aquela em que não há mais ninguém por
   perto. E ainda assim...
Não sei se estou sozinho.
Mas e se estiver? Com quem falas agora?

Eu estou sozinho?
Sempre estamos.
Não é desta solidão de que falo.
Existe outra?
Não, não existe. Aquela em que todos estão por perto.
E ainda assim...
Não sei se estou acompanhado.
Mas e se não estiver? Com quem falo agora?

Houve um tempo em que a Sanidade ainda não conhecia o mundo. Como poderia ser isso?! Haveria homens no mundo? Sim haveria. E mulheres também? Sim, e mulheres também. E crianças? Sim, e crianças. Mas em um mundo sem a Sanidade, o que se poderia esperar que houvesse? Loucura?! Loucura era o que havia! Mas é só com os contrários que a realidade se molda? Não, não é! Então, sem a Sanidade haveria outra coisa além da Loucura? Isso também é verdade. Assim me ponho em confusão. Isso igualmente é verdade. Do que falas? Ora, concordo contigo, não vês? Não, não percebo. Não só de contrários o mundo é composto. Muito mais que os avessos. A realidade, se realidade há, é bem mais complexa do que podem promover as inversões de palavras. Tenha clareza, por favor. Clareza, por exemplo, sem Sanidade, poderá existir, mas será outro seu uso. Quero desistir de tudo. Sim, sim, isto é coisa que se pode pensar quando a Sanidade se ausenta. Por que Desistência e Sanidade não podem colaborar? Esta desistência de que falaste parecia ser algo como negar a vida, morrer. Sim, é disso que falamos, mas não me parece ser insano pensar na própria extinção. Falas de suicídio? Talvez. Suicídio é um caminho sem razão. É o que pensas. Sim, é o que penso. Muito ao contrário do que pensas, sábios de países distantes já falaram do suicídio como a única morte livre e digna para os humanos. Eram mesmo sábios? Sim, eram sábios! Primeiro foi o russo, depois o alemão. Certamente falavam outros idiomas. Sim, falavam, e o que tem isso? Outros idiomas supõem outras palavras com outros sentidos. Mas isso não os faz menos sábios. Sábios cuja sabedoria parece estranha. Não, não é, não podemos supor que só a doença, o tempo e o acidente podem colher nossas vidas. E o que mais o faria? A decisão. Decisão? Sim, decisão e liberdade de decidir. Liberdade também? Sim, Liberdade também, talvez a mais radical das liberdades. Tanto já se fez em seu nome que espanta que ainda esteja andando por aí. Não sejas obtuso! Mas esta decisão livre seria movida por qual sentimento? Muitos, provavelmente. Alegria, seria um deles? Creio que não. A alegria, que poderia ser definida como um sentimento de satisfação com a própria condição de estar vivo, se perceber vivo, a alegria seria capaz de mover-se em direção contrária à própria existência? Creio que não. Então seria admissível pensar que os sentimentos que levariam ao suicídio são diferentes da alegria, que são relativos a outra ordem de afetos, como angústia, dúvida, incerteza, tristeza. Entendo aonde queres chegar, mas não me parece honesta a condução de teu argumento. Honestidade?! Honestidade sim! Não estamos a falar de honestidade, mas de coerência agora. Coerência! Tudo o que é vivo deseja permanecer vivo e é esta coerência com a própria natureza que nos permite realizar nossos propósitos existenciais mais profundos. Estás a falar de destino? Chame do que quiseres, chame de destino, chame de sorte, fortuna, fatalidade, fado, acaso ou caos, chame do que quiseres. Chamarei de destino. A questão é que deve haver coerência entre existir e desejar se manter existindo. Chega disso! Sim, chega! Alguma coisa me diz que ias contar uma história. Sim, a história da Sanidade, quando desejou conhecer o mundo dos homens. Isso mesmo. E por esta razão começamos a falar da Loucura. Não somente da Loucura, mas de outros atributos humanos. É preciso concordar que na ausência da Sanidade houvesse mais que Loucura. Concordamos com isso. Além da Loucura podemos supor que sem Sanidade os humanos conviveriam com o Destempero, a Desrazão, a Confusão, a Desordem. Mas nada impediria que conhecessem o Amor, a Arte e a Paz. E na mesma proporção o Ódio, a Destruição e a Guerra. O que nos leva a pensar que na ausência da Sanidade nem tudo estaria perdido. Ou que sem ela não haveríamos de perder tanto. Isso é loucura! Fizeste uma piada? Não, mas pensei, por um momento, que sem a Sanidade os humanos pudessem viver com todas as outras coisas que já são conhecidas da humanidade. E talvez ainda outras, que não tenhamos palavras para classificar porque não as pudemos conhecer. Sim, porque a Sanidade as deteve. A Sanidade pode ter evitado outras formas de experimentar a própria existência. Que loucura! Bem. Tu ainda não começaste a contar a história. Voltas e voltas eu dou antes de encontrar meu caminho. A isso chamamos esquizofrenia. E desvio. Atalho também. Nesse caso o caminho já se mostrou longo demais para ser atalho. Tens razão. Concordamos então? Só desta vez. Esta é a história da Sanidade, quando quis conhecer o mundo dos humanos. Por alguma razão ela se interessou pelos humanos? Não sei dizer. Por que, se ela até então não havia conhecido essa realidade, o que provocou seu desejo? Talvez ela tenha se enfadado. Enfadado?! É, por que não?! Tu disseste que a Sanidade não tinha o que fazer e entendeu que poderia visitar os humanos para passar o tempo? E por que não?! É estranho, só isso. Posso? Claro. A Sanidade quis conhecer o mundo dos humanos. E para poder fazê-lo, foi à casa do divinador que todos conheciam por Orunmilá, o sábio, para saber o que deveria ser feito para a boa viagem. Espere. Assim essa história não se conta. Mas não entendo onde a Sanidade morava e como ela conhecia um divinador que a aconselharia. A Sanidade mora nas cabeças humanas, como tudo o mais. E outra coisa que não se disse até agora. O quê?! A Sanidade é uma pessoa nesta história? Você precisa entender que se trata de um tipo de narrativa muito especial, contada desde que o mundo é mundo, chamada fábula. Ah...! As fábulas contam histórias fantásticas sobre animais, objetos, plantas, conceitos, todos ganhando condições humanas. Entendo, são como os mitos. Não, mitos são histórias fantásticas também, mas de deuses, semideuses e heróis. Então esta história que irás contar é uma fábula? Uma fábula, sim. E então ela não precisa ser verdadeira. Verdade elas possuem e realidade também, mas de outra espécie. Não sei se entendo bem. Na verdade é bem simples. Não é o que parece. Nem tudo é o que parece. Nesse caso, parecer é o que menos importa. Exato! Como assim? Fábulas ou mitos não se parecem com nada daquilo que chamamos de real, mas são realidade porque contam histórias fantásticas para falar de tudo o que existe. Metáforas? Metáforas, alegorias, formas encantadas de contar histórias e retirar delas algum ensinamento. Metáforas... Além disso, os mitos falam de coisas reais e podemos acreditar no que eles contam. Mas acreditar em algo já é torná-lo real. É nisso em que acredito. Entendo da mesma forma. Por isso não devemos exigir das fábulas e dos mitos veracidade dos fatos. Conte a história. Posso agora? Sempre pode. Verdade seja dita, de certa maneira já estou a contar a história desde o primeiro instante. Entendo o que você pretende. Mesmo que ouça vozes em minha cabeça atormentada. Isso não é loucura, é? Talvez seja. Loucura não é a ausência de Sanidade. É a realidade sendo pensada de outra maneira. Ainda ouço vozes em minha cabeça. Preciso contar minha história.

Houve um tempo em que a Sanidade não conhecia o mundo. Era um tempo estranho, em que tudo parecia ser composto por diferentes matérias, estranhas substâncias, que possuíam outras densidades, outros sentidos menos claros e desinteligentes. Os homens se desentendiam por não conhecerem a razão que cada coisa da existência possui. Considerando haver razão para cada coisa deste mundo. Então, matavam e amavam sem motivo. Colhiam guerra e paz sem intenção. Construíam suas casas, suas cidades, suas estradas, faziam coisas impossíveis, para logo depois destruírem tudo com as mesmas mãos e o mesmo empenho. Os homens, por ainda não conhecerem a Sanidade, andavam desarrazoados pelo mundo, buscando, sem saber, sentidos para suas vidas. Mas aquilo que não sabiam existir nunca poderiam encontrar, não poderiam sequer buscar.

De longe a Sanidade assistia aos homens no mundo e se apiedava. Como podem viver assim, desvalidos? Se não conhecem a mim, só podem saber o que é a Loucura! E como loucos podem prosperar? E como loucos podem se entender? E como loucos podem ter felicidade? A Sanidade entendeu que deveria visitar a cidade dos homens. Deveria se apresentar para o melhoramento geral da humanidade. São homens os homens sãos. Assim pensou a Sanidade. Ela saiu de sua casa perfeita para buscar conselho de um divinador. Orunmilá era seu nome. Ele vive na brecha que existe entre a eternidade e o destino. A Sanidade o encontrou, como sempre esteve, e agora mesmo estará, sentado no chão, em suas esteiras de palha trançada.

Seja bem-vinda em minha casa, disse ele. A Sanidade agradeceu com um gesto contido e disse Orunmilá, preciso visitar a cidade dos homens. Tua visita não é esperada lá. Nem poderia ser, porque não sabem de minha existência. Então, por que desejas ir? Porque creio que comigo os homens poderão viver melhor. Mas os homens viveram sem teu concurso até hoje. E não prosperaram tanto quanto poderiam. Orunmilá usou seus instrumentos encantados para falar com os deuses. A Sanidade o observava com a mansuetude que dela se espera. Orunmilá entendeu finalmente e disse Tu deves ir à cidade dos homens, mas antes precisa fazer oferenda e sacrifício. Eu, falou como se a afirmação fosse dúvida. Sim, tu. Todos devemos fazer oferenda e sacrifício quando se mostra necessário. Não esperava ouvir isso. Nem sempre ouvimos o que esperamos. A Sanidade levantou seu corpo exemplar, agradeceu e se foi da casa de Orunmilá, a casa que fica na posta-restante entre o sempre e o jamais. A Sanidade sequer considerou ser possível. Oferenda? Sacrifício? Justo ela, tão equilibrada, tão estável, tão perfeita? Não ela. Não, nunca! Foi assim que a Sanidade partiu para o mundo visitar a cidade dos homens.

Ela chegou sem ser esperada. Chegou sem que soubessem quem era. Andou por entre as primeiras ruas da cidade e todos a viram com alegre espanto. Quem é você? Tão linda! Tão virtuosa! Venha aqui! Fique conosco! A Sanidade sorriu e ficou. A cidade dos homens a recebeu com euforia. Seja nossa rainha! Cuide de nós! A Sanidade entendeu que havia tomado a decisão mais correta. É claro que havia. A Sanidade esteve dias sem medida na cidade dos homens. Muito se pôde organizar nessa época feliz. Prosperaram as construções, as ciências e as artes, avançaram as filosofias, os negócios e os engenhos. A Sanidade conquistou o que acreditava ser possível conquistar com os homens. Foi quando então ela anunciou Vou dar voltas no mundo. Preciso saber se minha presença é necessária em outros rincões. Não haveria como discordar. Claro, rainha sapientíssima! Leve aos outros o que nos trouxe a nós. E assim dizendo, a Sanidade passou a dar voltas no mundo.

Depois que a roda do tempo fez seu trabalho, a Sanidade retornou à cidade dos homens. Ela chegou novamente sem ser esperada. Chegou sem que reconhecessem quem era. Andou por entre as últimas ruas da cidade e todos a viram com furioso espanto. Quem é você? Tão horrível! Tão desprezível! Saia daqui! A Sanidade nada pode entender. A cidade dos homens a recebeu com ódio. Cataram pedras do chão e jogaram. Juntavam sujeiras nas mãos e jogaram. Correram, gritaram feito bestas selvagens, Vá embora! Fuja daqui! A cidade dos loucos era inteira um pulso nervoso.

A Sanidade, ferida e suja, correu dali e nunca mais voltou.

Você ainda está aí?
Ainda me ouve?
Quem? Quem me chama?
É você? Você, de quem nunca soube o nome.
Como se chama?
Não sei. Não sei como chamar.
Você ainda está aí?
Ainda me acompanha?
Quem? Quem te chama?
É você? Você, de quem nunca quis saber o nome.
Como me chamo?
Não sei. É seu nome.

Vá se embora!
Me deixe só!
Você não está sozinho?
Nunca estamos.
Não é desta companhia de que falo.
Existe outra?
Sim, existe. Aquela em que não há mais ninguém por perto.
E ainda assim...
Não sei se ando acompanhado.
Mas e se estiver? Com quem falas agora?

O CONSTRUTOR DE LABIRINTOS

Houve um tempo em que os humanos construíam coisas para confundir e perder.
Criavam jardins feitos de pedra e hera com caminhos tortuosos e sem fim.
Andavam sem rumo e objetivo por dentro de suas veredas estreitas, que obrigavam rodar os pés em círculos, dando em altas paredes interrompidas e chegando a encruzilhadas que não levavam a lugar algum.
Chamavam essas estranhas construções de labirintos.
Muitos se perdiam em suas estradas apertadas e nunca mais eram encontrados.
Por que insistiam em trabalhar nessas obras é coisa que talvez nunca possamos saber.

Entre os muitos construtores desses complicados labirintos havia um, reconhecido como o maior de todos.
Seu nome era Ejiogbe.
Suas obras eram reverenciadas por ricos mercadores de tecidos, comerciantes de marfim, vendedores

de sal, negociadores de ouro e diamantes, donos de grandes rebanhos de cabras, os maiores guerreiros, renomados generais e herdeiros de tronos.
Sua fama era grande.
Suas conquistas eram notáveis.
Seu nome era conhecido.

Era tanto o seu prestígio que um dia Ejiogbe foi convidado para construir um labirinto nos jardins do palácio do rei.
Ejiogbe pôs sua melhor roupa.
Era toda branca, da seda mais fina, trançada com fios de prata e ouro.
Ejiogbe usou sandálias de couro de búfalo, colar de marfim e anéis com pedras preciosas.
Ejiogbe se encontraria com o rei.

Ejiogbe e o rei falaram sobre os trabalhos.
O rei desejava o maior e mais bonito labirinto já construído.
E isso Ejiogbe também desejava.
O rei queria o mais complexo e embaraçado labirinto já planejado.
E isso Ejiogbe também queria.
O rei esperava o mais inteligente e inescapável labirinto já feito.
E isso Ejiogbe também esperava.
O rei saiu de seus jardins vazios.
Ejiogbe entrou em seus pensamentos repletos.

O tempo passou e Ejiogbe projetava seu labirinto.
Ele seria o maior e mais bonito.
Ele seria o mais complexo e embaraçado.
Ele seria o mais inteligente e inescapável.
Ele seria a maior obra do rei.
O labirinto de Ejiogbe.
Um orgulho. Um monumento. Uma glória.

Ejiogbe desenhava dia e noite as linhas no papel.
Cortava os caminhos com paredes insuperáveis.
Confundia as vias, sempre iguais, sempre duvidosas.
Elaborava passagens que não chegavam.
Planejava as ervas que cresceriam em seus muros; e
    as flores, para enfeitar quando fosse dia – e ainda
    assim seria inútil tornar suave o que era tortuoso; e
    as luzes, para iluminar quando fosse noite – e ainda
    assim seria inútil tornar claro o que era escuro.
Ejiogbe rabiscava noite e dia os traços no papel.

O tempo passou e Ejiogbe havia criado seu labirinto.
Ele era o maior e mais bonito.
Ele era o mais complexo e embaraçado.
Ele era o mais inteligente e inescapável.
Ele era a maior obra de Ejiogbe.
O labirinto do rei.
Uma conquista. Um divertimento. Uma prisão.
Antes, porém, de entregar a joia de seu engenho ao rei,
    Ejiogbe quis visitar suas entranhas, passear entre
    as verdes aleias, se despedir das alamedas sem fim.
Ejiogbe entrou em seu labirinto.

E não pôde mais sair.
Desorientado. Desgovernado. Perdido.
Ejiogbe não se achava em sua própria criação.
Quanto mais tentava menos conseguia.
Não podia ser!
Quanto desespero! Quanta frustração!
Ele mesmo, o criador das coisas complexas, perdido em suas vielas de rocha e era!

Ejiogbe viu as horas correrem como fazem os leopardos quando têm fome.
Ejiogbe viu o dia perder a luz e o calor.
Ejiogbe viu o medo e o desconsolo chegarem.
Mas foi nesse instante desvalido que Ejiogbe se lembrou do destino.
O destino que era só seu.
O destino que havia escolhido de joelhos no dia de seu nascimento.
Ejiogbe então sentou no chão frio de sua invenção querida, fechou os olhos e procurou acalmar o coração aflito.
Ejiogbe ouviu a própria respiração abrandando no peito.
Ejiogbe sentiu o próprio sangue serenando nas veias.
Então Ejiogbe abriu os olhos novamente.
Mas o que havia ocorrido?!
Onde estavam as paredes altas que ninguém conseguia ultrapassar?
Onde estavam as ruas tortas que não levavam a lugar algum?
O labirinto, onde estava?

Ejiogbe estava no meio dos jardins vazios do palácio do rei.

O labirinto em que ele esteve preso não havia saído de sua cabeça.

O labirinto era criação de sua cabeça.

O labirinto de Ejiogbe era sua cabeça.

A cabeça de Ejiogbe era o labirinto.

Ejiogbe era o labirinto.

O labirinto.

A cabeça.

Ejiogbe.

ORUNMILÁ FOI VISTO NO MERCADO

Coisas para saber que não sei.
O que são?
Como poderia conhecer minha ignorância?
E se soubesse, saberia o que já não é mistério?
Não posso andar neste mundo sem saber.
Diga, mais velho, como posso saber o que não sei?
Quando saberei se aprendi?

Orunmilá, todos sabem, é aquele que possui sabedoria.
E sabedoria não se pode alcançar sem inteligência.
Orunmilá, todos entendem, é aquele que tem inteligência e sabedoria.
E não haverá inteligência e sabedoria sem conhecimento.
Orunmilá, todos conhecem, é aquele que dispõe de inteligência, sabedoria e conhecimento.
Todos diziam, sim, Orunmilá é aquele que, mesmo quando não sabe, advinha.
E quando adivinhar não for possível, os deuses sopram em seus ouvidos o necessário para saber.

Foi assim que Orunmilá foi visto no mercado.

Vendiam os inhames novos, que quando eram pilados chamavam o deus da guerra para dançar.
Vendiam os frutos cor-de-rosa, que falavam quando em quatro gomos eram partidos.
Vendiam o vinho, que arde a boca e amarga a sede e quando se bebe o mundo não se cria.
Orunmilá foi ao mercado sem procurar produto para compra.
Olhava as mulheres comerciando o cobre e se lembrava do tempo em que a deusa da fortuna e da beleza o mesmo fazia.
Vigiava os homens fazendo pregão de tecido colorido e recordava o tempo em que no céu a mesma padronagem se desenhava.
Orunmilá ouvia o vozerio, feito um som só, pensando em seu melhor amigo, que ali certamente estaria, em cada coisa, brincando de esconder e ser visto, sendo o que foi, o que é e o que será, o verbo, intransitivo, irregular.

Estavam todos lá. Somados aos outros.

Foi assim que Orunmilá foi visto no mercado.

Um homem estava no chão assentado.
Tinha a mão estendida, pedindo.
Não possuía as duas pernas, o coitado.
E não havia notado Orunmilá vindo.
Bem a seu lado.

O sábio Orunmilá, enquanto fazia a andadura, continuava a pensar nas coisas desse mundo que se pode ver e nas outras que, se existem, não vemos, parou e disse bem baixinho no ouvido do desgostoso esmoleiro
Qual é o seu problema?
É você, Orunmilá?!
Sim, sou eu.
Como podes me fazer esta pergunta?! Qual é o meu problema?! Não entendes que não tenho o que todos têm?! Fazem-me falta as pernas que põem o mundo inteiro em movimento! Justo aquele que todos dizem ser sábio me diz coisas sem sentido?!

Orunmilá saiu sem se abater, andando o mesmo passo de sua andada.
Gritava o homem sem as pernas.
Gritavam com ele os outros, que tomaram suas dores, aumentando ainda mais a bulha do mercado.

Estavam todos lá. Somados aos outros.

Foi assim que Orunmilá foi visto no mercado.

Outro homem estava no chão acomodado.
Tinha os olhos compridos, suplicando.
Não possuía as duas mãos, o desgraçado.
E não havia percebido Orunmilá chegando.
Bem a seu lado.

O sábio Orunmilá, enquanto fazia a caminhadura, seguia a pensar nos destinos dessa gente que se pode ver e nos outros que, se existem, não vemos, parou e disse bem devagarzinho no ouvido do descontente pedinte.
Qual é o seu problema?
É você, Orunmilá?!
Sim, sou eu.
Como podes me fazer esta pergunta?! Qual é o meu problema?! Não percebes que não tenho o que todos têm?! Fazem-me falta as mãos que põem o mundo inteiro em agitação! Justo aquele que todos dizem ser sábio me diz coisas sem sentido?!

Orunmilá saiu sem se abalar, andando o mesmo passo de seu andamento.
Gritava o homem sem as mãos.
Gritavam com ele os outros, que beberam de seus humores, dilatando ainda mais a zoada do mercado.

Estavam todos lá. Somados aos outros.

Foi assim que Orunmilá foi visto no mercado.

Mais um homem estava no chão conformado.
Tinha a boca aberta, implorando.
Não possuía os dois olhos, o desventurado.
E não havia visto Orunmilá aproximando.
Bem a seu lado.

O sábio Orunmilá, enquanto fazia a passeadura, teimava em pensar nos tempos desse povaréu que se pode ver e nos outros que, se existem, não vemos, parou e disse bem mansinho no ouvido do desalegre mendicante.
Qual é o seu problema?
É você, Orunmilá?!
Sim, sou eu.
Como podes me fazer esta pergunta?! Qual é o meu problema?! Não vês que não tenho o que todos têm?! Fazem-me falta os olhos que tornam o mundo inteiro possível! Justo aquele que todos dizem ser sábio me diz coisas sem sentido?!

Orunmilá saiu sem se abanar, andando o mesmo passo de sua andaria.
Gritava o homem sem os olhos.
Gritavam com ele os outros, que juntaram seus rancores, subindo ainda mais a troada do mercado.

Correram todos os que podiam correr.
Queriam de Orunmilá a explicação.
Talvez a vingança ou a bruteza do conflito.
Como podes falar assim com aqueles homens?! Gritavam furiosos.
Como podes aceitar que te chamem sábio?!
Sábio não podes ser!
És bruto e cruel com quem mais precisa!
Orunmilá foi posto contra sacos de grãos e temperos.
Explica!
Orunmilá, com a mesma suavidade de todos os dias, disse Não sou bruto nem cruel. Não me julguem sábio, tampouco.
Não nos fale com seus enigmas! Disseram os outros.
Por que fizeste perguntas sem sentido aos miseráveis do mercado?!
Sentido havia. E é pena não terem percebido. Porque não parece ser suficiente para cumprir o melhor dos destinos renunciar a tudo. Desistir, resignar, curvar. Escolhemos nossos destinos, os mais difíceis, para buscar felicidade. E essa busca não se faz no chão do mercado.

Estavam todos lá. Somados aos outros.
Naquele dia o mercado fez silêncio.

Que coisas para saber não sei?
O que são?
Como poderia conhecer minhas sombras?

E se vierem a se revelar, como saberia o que já não é
   mais segredo?
Não posso ter caminho neste mundo sem saber.
Diga, mais velho, como saber o que não sei?
Será que aprendi?

LEMBRA!

O destino que devo cumprir,
aquele que creio ser meu.
Para ser quem devo ser,
é preciso estar preparado,
é preciso ganhar confiança,
é preciso ter coragem.
Não serei outro então.
Só eu serei eu.
Mas como saber qual destino me pertence?
Deveria saber.
E se já soube?
E se já esqueci quem deveria ser para ser eu mesmo?
Cumprir meu destino.

Ogbe desejava nascer no mundo.
Isso é coisa muito complicada.
Nascer é complicado.
Viver é um pouco pior.
Ogbe quis ter segurança, fazer a coisa certa.

Ogbe foi à casa dos divinadores, aqueles que falam com
os deuses e com quem os deuses falam. Como falam
uns com os outros é coisa que se vê, mas não se pode
compreender. Falam uns com os outros com palavras
encantadas e artifícios mágicos.

Falam com os búzios, dezesseis búzios, abertos e fechados, virados para cima e para baixo, quando caem na peneira entremeada;

falam com os frutos de cor rosa, um só fruto, partido em quatro gomos, virados para cima e para baixo, quando caem no chão tramado;

falam com as sementes da árvore sagrada, quatro sementes, divididas uma a uma, oito metades, costuradas em elos, viradas para cima e para baixo, quando caem na esteira trançada.

Falam os deuses.

Falam os divinadores.

E quem por eles procura tem resposta.

Como devo fazer para nascer no mundo? Quis saber Ogbe, prevenido.

Você precisa fazer sacrifício, fazer ebó.

Para nascer no mundo, Ogbe, você precisa de um rato;

Para no mundo nascer, Ogbe, você precisa de um peixe;

Para o mundo nascer, Ogbe, você precisa de um galo.

Um rato, um peixe, um galo.

O que devo fazer com eles?

Você vai saber.

Os deuses gostam de enigmas.

Os divinadores também.

Ogbe partiu em sua jornada, longa jornada, para chegar ao mundo que se conhece e que se vê.

Mundo dos vivos e das coisas.
Antes de sair de sua casa, porém, onde estava Ogbe que desejava nascer?
Ogbe estava no mundo que não se conhece e que não se vê. Mundo dos sonhos e dos mistérios.
Ogbe atravessou distâncias que não sabemos medir, porque não podemos atinar se existem contas de régua que as calculem.
Ogbe chegou à beira de um rio, o rio que divide os mundos. É preciso passar por ele para nascer.
Esse rio não tem correnteza, não tem fundura, não tem turvação. Um rio sem perigos.
Mas quem nele entra, sai sem saber.
Sem saber que destino vem cumprir no mundo dos viventes e das coisas.
Não há como disso escapar.
Quando nascemos, esquecemos também.
Ogbe, como todos nós, esqueceu.
O que vim fazer aqui? Qual é o meu destino?

Ogbe andou muito no mundo em que nasceu.
Andou tanto até não se encontrar mais em lugar algum.
Então Ogbe se viu desnorteado, diante de uma floresta imensa, Igbo Iku, a floresta da morte.
Suas árvores tinham a altura de montanhas.
Sua extensão parecia correr o mundo de um canto a outro.
Igbo Iku era verde e era escura.
Então, pela primeira vez, Ogbe teve medo. Muito medo.
Medo por não saber o que deveria ser feito.
Ogbe ficou bem pequeno olhando a floresta, feito uma parede que tudo impedia.

Foi assim que Exu,
aquele que em toda parte está inteiro,
chegou como um sopro, no pé do ouvido direito de Ogbe,
 e disse *Ranti!*
que quer dizer Lembra!
Lembra profundamente quem você é, Ogbe!
Lembra o que você tem nas mãos.
O que eu tenho?
Ogbe, você tem um rato.
Ogbe, solta o rato.
Ogbe pegou o rato que tinha de seu ebó e soltou.
O rato pôs as patas no chão e correu para dentro da
 floresta.
Ogbe agarrou o rabo do rato e correu com ele.
Os dois, o rato e Ogbe, atravessaram a floresta que pa-
 recia não ter saída.

Ogbe andou muito no mundo em que nasceu.
Andou tanto até não encontrar mais sentido em coisa
 alguma.
Então Ogbe se viu desencontrado, diante do enorme
 oceano, Oniyi Òkun, o oceano temeroso.
Suas águas levantavam na altura de muitos elefantes.
Sua vastidão parecia encontrar o horizonte em cima e
 em baixo.
Oniyi Okun era azul e era escuro.
Então, pela segunda vez, Ogbe teve medo. Muito medo.
 Medo por não saber o que deveria ser feito.
Ogbe ficou bem pequeno olhando o oceano,
feito uma barreira que tudo proibia.

Foi assim que Exu,
aquele que é inteiro em toda parte,
chegou como um sussurro, no pé do ouvido esquerdo
de Ogbe, e disse *Ranti!*
que quer dizer Lembra!
Lembra essencialmente quem você é, Ogbe!
Lembra o que você traz nas mãos.
O que eu trago?
Ogbe, você traz um peixe.
Ogbe, solta o peixe.
Ogbe pegou o peixe que tinha de seu ebó e soltou.
O peixe pôs as barbatanas na água e nadou para dentro
do oceano.
Ogbe agarrou o rabo do peixe e nadou com ele.
Os dois, o peixe e Ogbe, vararam o oceano que aparentava não ter recurso.

Ogbe andou muito no mundo em que nasceu.
Andou tanto até não encontrar mais razão em seguir
para parte alguma.
Então Ogbe se viu desorientado, diante do deserto sem
fim, Asále òfo, o deserto vazio.
Suas areias ficavam bem debaixo dos pés.
Sua medida parecia ser o próprio mundo confundido.
Asále òfo era ocre e era escuro.
Então, pela terceira vez, Ogbe teve medo. Muito medo.
Medo por não saber o que deveria ser feito.
Ogbe ficou bem pequeno sem conseguir olhar o deserto,
feito um vazio que tudo cegava.

Foi assim que Exu,
aquele que é a parte e é o todo,
chegou como um assovio, dentro da cabeça de Ogbe,
 e disse *Ranti!*
que quer dizer Lembra!
Lembra demasiadamente quem você é, Ogbe!
Lembra o que você leva nas mãos.
O que eu levo?
Ogbe, você traz um galo.
Ogbe, solta o galo.
Ogbe pegou o galo que tinha de seu ebó e soltou.
O galo pôs os dedos na areia e ciscou para dentro do
 deserto.
Ogbe agarrou o rabo do galo e esgravatou com ele.
Os dois, o galo e Ogbe, cruzaram o deserto que não se
 afigurava possível.

Ogbe chegou a seu destino.
Ogbe encontrou seu destino.
Ogbe reconheceu seu destino.
Ogbe cantou e dançou, em agradecimento a seus di-
 vinadores por terem lhe oferecido bom conselho.
Ogbe dançou e cantou, em reconhecimento a Exu, aquele
 que é, foi e será, por ter lhe lembrado quem poderia ser.

O destino que devo cumprir, ayanmo,
aquele que escolhi de joelhos, akuleyan,
aquele que aprendi ser o meu, ipín,
para viver sendo quem sou,
precisei estar preparado,

precisei ganhar confiança,
precisei ter coragem.
Não serei outro então.
Só eu posso ser eu.

A CABEÇA

O que cabe em minha cabeça?
O mundo inteiro.
O mundo inteiro cabe em minha cabeça.
O mundo inteiro é minha cabeça.
Se o mundo inteiro cabe em minha cabeça,
se o mundo inteiro é minha cabeça,
o que poderá haver fora dela?
A cabeça inteira.
A cabeça inteira cabe em meu mundo.
A cabeça inteira é meu mundo.
Se o mundo e a cabeça são a mesma coisa,
se o mundo cabe em minha cabeça,
se a cabeça cabe em meu mundo,
o que não é o mundo,
o que não é a cabeça,
o que poderá ser?
Nada.
Nada pode haver.
Só o mundo só.
Só a cabeça só.

Este foi o tempo dos caçadores.
Tempo em que as cidades contavam com sua ajuda.
Eram eles que buscavam espaço para fundar o povoamento.
Eram eles que vigiavam o posto para cuidar do assentamento.
Eram eles que traziam comida para fazer o alimento.
Este foi o tempo dos caçadores.

Voltava da floresta um jovem caçador sem caça.
E isso não podia ser.
Voltava com a aljava sem flechas o caçador.
Voltava com as mãos sem lanças.
Voltava com os couros sem carnes.
Voltava sem voltar, o caçador, ausente de si mesmo.
Foi sorte o que não teve? Ou habilidade? Ou experiência?
Força ele possuía. E destreza. E vigor.
Teriam fugido os animais?
Os grandes e também os pequenos?
Todos teriam fugido?
Feito esconderijo inalcançável?
O que se deu com o jovem caçador naquele dia?
Nunca saberemos.
Naquele dia um jovem caçador voltava da floresta sem caça.
E isso não podia ser.

Voltava pela estrada picada pelos pés de muitos outros caçadores antes dele, caminho feito por gerações de gerações, juntando os tempos em uma corrente.

Todos eles elos. Todos elos eles. E ele, elo também.
O jovem caçador sem caça olhava cego por onde ia.
Seu corpo conhecia o caminho e se guiava sozinho.
O caminho que seu corpo já conhecia levava para a cidade.
A cidade fundada pelos caçadores do passado.
Aqueles que nunca deixaram de trazer carne para alimentar o povo.
Aqueles que têm seus nomes recitados com orgulho.
Aqueles que são ainda hoje lembrados como os mortos grandes dos tempos antigos.
Os fundadores da herança.
O jovem caçador sem caça voltava para a cidade humilhado.
Não havendo animal para pesar suas costas, dobrava-lhe a carga do fracasso.
O jovem caçador sem caça não esperava mais nada encontrar.
Mas, oh!, as coisas do mundo não cabem em uma ideia.
Bem ali, no canto da estrada que levava à cidade, uma cabeça humana, cortada.
Uma cabeça. Solitária, sem corpo, sem vida. Uma cabeça.
O jovem caçador sem caça, tão acostumado a ter sangue nas mãos e a morte como companheira, não acreditava no que seus olhos viam. Uma cabeça!
Como poderia ser?! Onde estaria o corpo?! O que teria havido?!
O jovem caçador sem caça abaixou, tocou o solo com as pontas dos dedos, cheirou, provou e continuou sem entender.

Ele olhou para a cabeça abandonada e disse, como se pensasse em voz alta, Quem te matou, cabeça?
A boca! ela respondeu.

O jovem caçador sem caça não pôde se segurar. Caiu de onde estava, sem altura, virado para trás, contrário, gatinhando às avessas, desatinado, rolando no corredor poeirado da estrada, como se procurasse uma corda, um gancho, um guincho, um pino, uma agarra, qualquer coisa de salvamento para se prender, chutando braços e pernas para frente, para trás e para os lados, sem coordenação ou controle. Escorregou, arrastou, tropeçado, resvalado, sufocado, até encostar o espinhaço trêmulo em uma árvore em frente à cabeça decepada.
A boca, disse a cabeça.
Como pode ter dito? A boca.
Como pode falar sem corpo? A cabeça.

O jovem caçador sem caça firmou as pernas como pôde, apoiou o dorso e se pôs novamente em pé. Afastou-se de lado, como se descrevesse um arco de compasso, feito uma geometria desenhada pelo medo, sempre tendo a cabeça mutilada em sua frente. Alcançou uma distância que parecia ser segura e correu.

O jovem caçador sem caça correu, sem pensar no que fazia. Correu apavorado em direção à cidade. Correu sem se dar conta de que a cabeça amputada não poderia fazer o mesmo, ausente dos recursos naturais para correr desembestada ela também. Correu sem lembrar que aquele era o mesmo caminho que fizeram tantas vezes os caçadores antigos, os heróis do povo, os fundadores da herança. Correu sem perceber que se envergonhava.

Ainda era cedo. A cidade mal havia acordado de seu sono. Os homens começavam a trabalhar e as mulheres já chegavam ao primeiro terço do dia. Na praça do centro reuniam-se todos. Era dia de feira. Vendiam os inhames maduros. Vendiam os tecidos de cor. Vendiam as frutas da estação. A cidade ia ganhando vida, como quem estica devagar os braços, as pernas e a musculatura inteira sem sair do próprio torpor. O jovem caçador sem caça chegou nessa hora, disfarçando sua correria. Chegou sorrindo desengraçado, meio anônimo, desviando a visada de quem o encontrava com indiferença. Mas não é possível esconder os olhos arregalados, a cara pálida, o corpo zonzo e suado. Ele procurou uma fonte para lavar o rosto, tentando limpar o susto que havia sofrido. Teria sido sorte sua não ser notado por ninguém no mercado que se agitava pela manhã. Havia, porém, um velho bufão, desses em quem a sabedoria dos anos não faz morada, um velhaco, um caçoador, de olhos espertos, meio tolos, meio infantis, como se qualquer coisa servisse de motivo para a próxima caçoada. Esse homem percebeu algo estranho. Caçador, caçador! Chegou assim, sem caça?! Que houve?! Que cara é essa?! Falava alto para que ouvisse a plateia desejada. Não houve nada. Como não?! Tem cara de menino assustado com pulo de sapo! Ha! Ha! Ha! Ria-se o velhaco, e começavam a rir outros também, que se juntavam para ver o que dali sairia. Nada, não houve nada. Nada é o que você trouxe dessa vez! Ha! Ha! Ha! O auditório aumentava. Não tive sorte. Caçada não é sorte, menino! Caçada é habilidade, experiência! O senhor foi caçador? Nunca cacei. E como pode saber da caçada? É melhor saber das caçoadas, entende? Saber o que os sabedores sabiam. Ha! Ha! Ha! Agora já rindo o teatro. Mas essa cara não é coisa que se traz do mato! Não? Não! Essa cara se traz do outro mundo! Conta, caçador, o que houve?! Já gritavam outras vozes ajuntadas formando a arena. Vocês não acreditariam. Depois de dizer isso não é mais possível retornar. Não sem perder a dignidade restante. O jovem caçador sem caça, traído pela ingenuidade, se pôs a contar o estranho episódio da cabeça decapitada, e ainda assim falante, que havia encontrado no retorno para a cidade. Não economizou os detalhes do que presenciou e sentiu, mesmo tendo sido tão poucos, tão ligeiros. Falava com a agonia daqueles que sentem o esforço necessário para convencer os outros que de sua boca ouvem a verdade, por mais estranha que pareça. E a cabeça falou?! disse uma voz da assistência. Falou! Como estou contando! Mas isso não é possível! Foi o que pensei, mas mesmo assim ela me respondeu! O velho caçoador parecia comemorar o evento improvisado. Sem muito haver se esforçado o velhaco era agente e diretor do espetáculo que ia se encenando ali, sem libreto, sem programa e sem rubrica. E por esta responsabilidade que imaginava ter, intermediava afável o público e seu ator principal, o jovem caçador sem caça. Mas você não trouxe nada em sua algibeira?! Não, ele não trouxe nada, não dessa vez. Mas ele não pode voltar de mãos vazias! Vocês precisam lembrar que nosso jovem caçador sempre nos trouxe boa quantidade de carne. E quando não traz carne, traz essa história maluca! Ha! Ha! Ha! Os gaiatos da audiência provocavam. Essa história torta da cabeça estropiada ele só veio contar quando chegou de mãos vazias. Odélayè, o grande matador de elefantes, nunca deixou de nos trazer carne! Verdade! Odélayè, mesmo quando os anos curvaram seu corpo e roubaram sua força, mesmo assim, ele nunca voltou do mato sem ter as mãos cheias. A comparação com os mortos é a pior. O jovem caçador sem caça se doeu, mais que antes, porque duvidavam do que dizia, porque pensavam que havia inventado uma história como disfarce de seu fracasso, porque insinuavam que ele não poderia entrar para o panteão dos grandes caçadores. Venham comigo, então! Desafiou. Venham ver se o que digo é mentira! Isso não é preciso, menino, disse o velho caçoador, meio empresário de circo, meio diplomata de pequeno país ameaçado, agora temendo as consequências da encenação mal arranjada. Vamos então! Vamos! Vamos! E como se anunciassem nova mercadoria no pregão, repetiam o estribilho Vamos! Vamos!

O jovem caçador sem caça foi pela estrada afora, mas não estava bem nem tampouco sozinho. Juntaram os curiosos e desocupados, os loucos hidrofóbicos e furiosos sem razão. Foi também o velho velhaco, que gerenciava o empreendimento da cabeça cortada e faladora.

Chegaram ao lugar. E lá ela estava. A cabeça sem corpo, na berma da estrada ancestral, olhando com seus olhos fechados a estupidez dos vivos. Reduziram os passos para chegarem com cuidado, como se pudessem ser atacados. Olharam com espanto para o jovem caçador sem caça, dando razão ao que se diz sobre a verdade, mesmo a mais absurda, que é ser ela incrível. É essa? perguntou alguém que não podia ser amigo da inteligência. Sim, é essa. Fala com ela! Fala! O jovem caçador sem caça se abaixou em frente à cabeça alijada e repetiu sua dúvida Quem te matou, cabeça? Ela se manteve calada. Ele limpou a garganta e redisse Quem te matou cabeça? E novamente ela silenciou. Essa cabeça está aí porque falou demais, cansou! Ha! Ha! Ha! debochava a audiência. Mas o jovem caçador sem caça reagiu nervoso Eu disse a verdade! A cabeça falou comigo! Então fala aí com ela! Tenta de novo! Fala mais alto! Fala com carinho! Ha! Ha! Ha! Cabeça, quem te matou?! Fala! Quem te matou, cabeça?! Fala! O jovem caçador sem caça gritava de um jeito que, mesmo se pudesse, não haveria cabeça, viva ou falecida, dotada de respeito e hombridade, que se dignaria a responder. Eu vou-

-me embora! Eu também! Tenho mais o que fazer! Perda de tempo! Foi junto o velho caçoador, que da mesma maneira não via mais graça alguma na farsa. Mas nem todos se retiraram. Ficaram ali os menos razoáveis, aqueles que sofrem de ódio e demência, armados com facões, dispostos ao crime perverso e à atrocidade. Fala com a cabeça! Não sei o que houve... Ela falou comigo... Juro... Fala com a cabeça! E essa ordem tinha medo e insanidade na voz. Empurraram o jovem caçador sem caça, ajoelhado em frente à cabeça silenciosa, como se rezasse para uma divindade estranha de um estranho altar. Fala! Disseram para ele, que começou a entender o que o destino havia aprontado. Quem te matou, cabeça? Nada. De novo! Quem te matou, cabeça? Nada. Mais alto! Quem te matou, cabeça? Nada. Fala! QUEM TE MATOU, CABEÇA! Foi um golpe só. Seco. Quase sem som. Rolou a cabeça do jovem caçador sem caça para o lado da outra, que muda estava e, com sabedoria, nada disse sobre o assassinato, os assassinos ou o morto. Responderiam juntas agora, se pudessem fazê-lo, A boca.

QUANDO MORREM OS ELEFANTES

Primeiro os humanos aprenderam a importância da caça.
Era necessário.
A carne que alimentava o povo. Era necessário matar.
Depois os humanos desenvolveram a habilidade da caça.
Era preciso.
A lança que cortava o espaço. Era preciso matar.
Então os humanos conheceram a glória da caça.
Era honrado.
A habilidade que vencia a besta. Era honrado matar.
Ou assim parecia ser.

Nesse tempo viveu um grande caçador de elefantes.
Seu nome era Odélayè.
Aquele que quando caça se torna invisível aos olhos.
Aquele que pisa o chão folhoso da floresta sem produzir som.
Aquele cujo suor não tem cheiro.

Aquele que mesmo jogando sua lança para o alto encontrará sempre a carne de um animal.

Contavam muitas histórias de Odélayè.
Falavam de suas caçadas.
Dos leões, leopardos e búfalos que havia abatido.
Diziam que nunca havia voltado do mato sem carne no seu alforje.
Odélayè, o grande matador de elefantes.
Que havia derrubado sozinho dezenas deles.
Que voltava para a cidade com seus rabos no ombro, sorrindo, como prova do sucesso.
Toda a gente comemorava seu nome nas ruas.
Odélayè trouxe comida para nós!
Odélayè é o herói do povo!
Odélayè, o homem magro e ágil que vence hipopótamos!
Os homens queriam estar com ele. Beba conosco!
As mulheres queriam estar com ele. Deite comigo!
As crianças queriam estar com ele. Brinca com a gente!
Os mais velhos queriam falar com ele. Sente entre nós!
Odélayè sentia orgulho.
Odélayè tinha felicidade.
Odélayè, o maior caçador de elefantes!

Em uma madrugada, bem cedo, Odélayè saiu para caçar.
Ia sozinho para não dividir sua glória com ninguém.
Entrava na floresta como um espírito, uma sombra, um sopro.
Se escondia na ramagem, se misturava nela, se confundia com ela, até parecer que não pertencia mais a esse mundo.

Odélayè perseguia uma manada de elefantes há muitos dias.

Consultava a cartografia de suas pegadas, o rastro de pelos deixados no caminho, a urina, as fezes, as plantas amassadas.

Os elefantes deveriam estar perto.

Odélayè sabia que essa era a hora de ter cuidado.

Ah! Estão lá. Enormes. Só mais um pouco. Mais um pouco.

Odélayè misturou sua natureza inteira ao mato, desaparecendo.

Odélayè esgueirou como fazem as leoas quando preparam o salto.

Odélayè preparou o punho, a lança e a mira.

Era esse o instante.

Mas quando seu corpo elástico levantava para fazer o arremesso, um dos elefantes percebeu sua presença.

O maior de todos!

Olhou no fundo dos olhos de Odélayè com fúria.

Foi quando Odélayè encontrou o medo pela primeira vez.

O elefante berrou, com a tromba para o alto, e todos os outros partiram em disparada.

Ele não se mexeu. Parado. Em desafio.

As orelhas imensas abertas.

O marfim de suas presas prontas para arremeter.

A cabeça gigantesca, que balançava para cima e para baixo.

A poeira levantada do chão.

Era o convite para combater.

Odélayè esteve parado também.

Mas era outra a razão de estar ali sem movimento.
Sua carne tremia. Seu coração disparava.
Sua cabeça não tinha um pensamento firme.
Odélayè não sabia o que fazer.
Para sua sorte, o grande elefante desistiu.
Virou as costas, soprou o ar em desprezo e andou lentamente na direção contrária a Odélayè.
O maior caçador de elefantes: Odélayè.
Vencido por um olhar.

Os elefantes foram embora.
Odélayè esperou a partida de todos.
Andou com cautela até o local onde estavam.
Procurou entre as pegadas o registro do grande elefante.
Aquele que o fez recuar pela primeira vez em sua vida gloriosa.
Encontrou sua marca no chão.
Era gigantesca! Quase o dobro do tamanho dos maiores elefantes que já havia caçado até aquela época.
Odélayè voltava para a cidade.
Eram alguns dias de viagem.
Tempo para que os pensamentos chegassem a um acordo.
Tempo para fazer suas armas encontrarem carne fresca.
Tempo para não voltar de mãos vazias para o povo que o aguardava com a festa de sempre.
Mas Odélayè dessa vez não tinha motivos para comemorar.

Odélayè voltou modificado da floresta.

Não sorria. Não comemorava.
Não bebia com os homens.
Não se deitava com as mulheres.
Não brincava com as crianças.
Não contava suas façanhas para os mais velhos.
Odélayè fechava suas pálpebras e encontrava os olhos de seu maior oponente, o único que o fez tremer.
O grande elefante. O maior deles. Obá Ajanaku. O rei dos elefantes.

Os anos passavam com rapidez.
Odélayè guardou seu segredo em um cofre de ferro dentro do peito.
Todos, porém, notaram a transformação.
Ele não sorria. Ele não comemorava.
Odélayè continuava a voltar da floresta com os rabos de elefantes nos ombros.
Mas parecia que nenhum deles tinha valor.
Chegava à cidade sem fazer alarde e colocava a marca de sua caçada na praça central.
Andava para sua casa e se fechava dentro dela também.
Não faziam festas mais.
Não comemoravam mais.
Odélayè tinha morrido um pouco sem saber.

O grande caçador continuava a procurar seu inimigo.
Descobria seu rastro, suas pegadas, seus pelos.
Aprendeu a reconhecer seus cheiros entre todos os outros.
Até sua urina, até suas fezes pareciam ser deboche.

Às vezes o encontrava. Os dois se olhavam.
Não se atreviam a avançar.
No princípio era medo, era ódio.
Depois foi tensão, foi cautela.
Por fim semelhava respeito, figurava admiração.
O tempo faz dessas coisas curiosas, sem dar ensinamento suficiente sobre o que elas são.

Odélayè tinha perdido quase todos os seus cabelos.
Os poucos que restavam eram brancos como algodão.
Seu corpo havia se tornado ainda mais magro.
Sua carne ainda mais seca, seus ossos ainda mais fracos.
Seus músculos agora eram feitos de uma massa menos firme, cada fibra menos esticada, cada fio menos maleável.
Seus olhos tinham ganhado cor amarela, embaçada e triste.
Odélayè havia envelhecido.
No seu peito o cofre de metal onde havia guardado o segredo pesava tanto que dobrava o corpo um tanto para frente.
Mesmo assim os homens não paravam de contar suas histórias, mas dele não queriam ouvir nenhuma mais.
As mulheres se lembravam de sua força, mas com ele não se deitavam mais.
As crianças sabiam de cor suas aventuras, mas com ele não brincavam mais.

Os mais velhos, os que já haviam deixado esse mundo e que sua vida tanto conheciam, esses não se interessavam mais.
Mesmo assim, todos ainda saudavam o maior caçador de elefantes.
Só Odélayè há muitos anos não acreditava nisso mais.

Um dia acordou com uma ideia.
Ele sairia para caçar. Poderia ser a última vez.
Não importava.
Pediram que ficasse. Era perigoso.
Com todo respeito, mas com sua idade...
Odélayè não ouviu ninguém.
Odélayè só escutou seu segredo que nunca deixou de latejar.
Odélayè precisava encontrar Obá Ajanaku, o rei dos elefantes.

Saiu de sua casa sem luz.
Ainda cumprimentou alguns que vieram se despedir.
Todos sentiam que seria a última vez que Odélayè, o maior caçador de elefantes, seria visto.
Ele acenou com um gesto triste, alheio, vazio, como se ali já não estivesse.
Levou suas armas, alguma comida pouca e entrou na savana.

Andou muitos dias perseguindo a trilha dos animais grandes.

Tantos anos fazendo o mesmo trabalho, era como seguir uma intuição, como ouvir espíritos, como enxergar o invisível.
Odélayè encontrou os vestígios dele:
Obá Ajanaku, o rei elefante, não estava longe.
Mas dessa vez – que estranho! – estava só.

Oito dias de passos lentos. Como ainda era possível ser.
Oito dias com o corpo ainda mais magro, ainda mais cansado.
Oito dias mais perto da própria morte, ele pensava.
Odélayè sabia que não teria condições de enfrentar seu adversário. Morreria tentando.
Assim terminaria a história do grande caçador.
Ainda haveria honra. Ainda teria glória. Ainda seria lembrado.
Foi pensando assim que se encontraram.
Odélayè, o maior caçador de elefantes.
Obá Ajanaku, o grande rei dos elefantes.

Odélayè não se escondeu. Deixou suas armas caírem de uma vez.
Obá Ajanaku não se armou. Deixou suas patas marcharem lentas.
Andaram na direção um do outro.
Olharam-se nos olhos, feito achar a própria imagem em um espelho turvo.
Estavam mais perto do que jamais estiveram.
Obá Ajanaku parou em frente de Odélayè.
Estiveram assim por um tempo sem medida.

Até que o rei elefante virou as costas e começou a caminhar.
Olhou para trás, como quem pergunta Você não vem comigo?
Obá Ajanaku e Odélayè andaram juntos por muitos dias.
Como foi, é e sempre será.
A caça à frente. O caçador atrás.
Andaram por terras que Odélayè nunca havia chegado.
Passaram por vales férteis, rios e floresta.
Não se detiveram.
Não se cansaram.
Não se falaram.
Obá Ajanaku e Odélayè andaram juntos por muitos dias.
Como foi, é e sempre será.
O rei à frente. O caçador atrás.
Até chegarem ao cemitério dos elefantes.
Terra dos mortos, os ancestrais do rei.
Lugar que um caçador nunca pôde alcançar.

Obá Ajanaku parou no alto da colina.
Odélayè ficou a seu lado.
O rei elefante passou a tromba pela cabeça do caçador.
O caçador recebeu o afago e o devolveu.
Olharam-se uma última vez no fundo dos olhos.
Enxergaram seus destinos cruzados.
Obá Ajanaku solto um ronco baixo, feito um suspiro, e andou na direção dos que já não estão mais entre nós.
Odélayè ficou onde estava.
Assistiu ir embora, para sempre, o maior elefante já visto.

Aquele que jamais foi derrotado.
Aquele que nunca teve medo diante da morte.
Aquele cuja pegada podia abrigar muitos homens.
Obá Ajanaku, o grande rei elefante, sumiu na neblina,
   como um sonho.

Odélayè se deixou ficar na beira do cemitério.
Desaparecido.
Era seu lugar.
Nenhum lugar.
Lugar algum.

AS QUATRO IRMÃS

Era uma vez quatro irmãs.
Todas as quatro graciosas.
Todas as quatro valorosas.
A Sabedoria e a Fortuna,
a Resiliência e a Integridade.
Andavam sempre juntas, e sorridentes,
de mãos dadas, para que nunca viessem a se perder.
As quatro irmãs.
Todas as quatro formosas.
Todas as quatro valiosas.
A Sabedoria e a Fortuna,
a Resiliência e a Integridade.
Andavam sempre juntas, e risonhas,
de braços dados, para que nunca viessem a se abandonar.
As quatro irmãs.

Um dia saíram a passear, unidas como sempre faziam,
    alegres como sempre estavam.
As quatro irmãs.

Saíram a visitar o mundo que os humanos habitavam.
Mas que surpresa! Mas que cenário!
As quatro irmãs não podiam acreditar no que encontraram! Que estranhas criaturas!
Como podem viver do jeito que vivem?
Certamente não nos conhecem!

Como podem viver sem saber quem é você, irmã amada, Sabedoria? Assim, da maneira como vivem, só conhecem a ignorância, a estupidez e a bruteza! Como podem?
Como podem viver sem saber quem é você, irmã prezada, Fortuna? Assim, da maneira como vivem, só conhecem a pobreza, o infortúnio e o azar! Como podem?
Como podem viver sem saber quem é você, irmã admirada, Resiliência? Assim, da maneira como vivem, só conhecem a revolta, a impaciência e a soberba! Como podem?
Como podem viver sem saber quem é você, irmã adorada, Integridade? Assim, da maneira como vivem, só conhecem a mentira, a desonra e a infâmia! Como podem?

Humanos infelizes!
Talvez devêssemos ajudá-los a agir melhor.
Talvez pudéssemos fazê-los buscar a felicidade.
Talvez tivéssemos que viver entre eles, os humanos.
Assim pensaram as quatro irmãs.
A Sabedoria e a Fortuna,

a Resiliência e a Integridade.
Todas as quatro jeitosas.
Todas as quatro virtuosas.
As quatro irmãs.

Foram as quatro irmãs à casa de Orunmilá, o divinador,
aquele para quem não falham as virtudes,
Orunmilá, o paciente,
Orunmilá, o equilibrado.
Orunmilá deveria indicar a melhor orientação.
Ouviram as quatro irmãs as recomendações de sacrifício e oferenda para que com os humanos pudessem viver em paz.
A Sabedoria, por ser quem é, senhora do saber e da inteligência, fez o sacrifício. Era assim, entendeu, era preciso.
A Fortuna, por ser quem é, dona da sorte e do dinheiro, fez o sacrifício. Era assim, achou, era importante.
A Resiliência, por ser quem é, mãe da perseverança e da superação, fez o sacrifício. Era assim, teimou, era irresistível.
A Integridade, por ser quem é, protetora da honradez e da dignidade, não fez o sacrifício. Era assim, acreditou, não era necessário.
As quatro irmãs.
Todas as quatro airosas.
Todas as quatro preciosas.
A Sabedoria e a Fortuna,
a Resiliência e a Integridade,
andaram em direção ao mundo dos humanos,

sempre unidas, sempre felizes,
para com eles poder morar.
Mas assim que chegaram correu alarde.
Oh! Os humanos se atropelavam, feito bando de bestas
   enfurecidas, como se seus corpos fossem puro desejo,
   suas cabeças estivessem vazias por dentro e suas
   veias queimassem com fogo e ácido.
Todos queriam possuir as quatro irmãs.
Desesperadas elas fugiram.

As quatro irmãs.
Todas as quatro charmosas.
Todas as quatro corajosas.
A Sabedoria e a Fortuna,
a Resiliência e a Integridade,
aligeiraram as pernas sem resultado.
Quanto mais corriam, mais ficavam.
Parecia ser próximo e inevitável o desastre,
os humanos colocarem suas mãos sujas nas quatro
   irmãs.

Foi quando Exu, o Senhor de todos os caminhos,
Aquele que é conhecido como o primeiro sem ser,
que tendo o ontem, o amanhã e o hoje,
que sabendo do princípio, o fim e o meio,
É quem descansa na encruzilhada,
É quem faz e refaz a realidade, sendo ela o que é, for
   ou vier a ser,
Exu correu para o socorro das quatro irmãs.
Venham comigo, irmãzinhas queridas!

Venham para não se perder!
Exu aconselhou as quatro irmãs que se abrigassem, que se protegessem dos humanos ou seriam violentadas por eles.
Digam onde serão seus esconderijos e não saiam de lá até que seja seguro.
Digam onde, para que se reencontrem e possam andar novamente juntas, e sorridentes, de mãos dadas, para que nunca mais venham a se perder.

A Sabedoria, por ser quem é, disse que procuraria amparo nos livros e nas bibliotecas.
A Fortuna, por ser quem é, disse que encontraria guarida nos cofres e nos palácios.
A Resiliência, por ser quem é, disse que teria proteção nos casebres e nos hospitais.
A Integridade, por ser quem é, nada disse.
Diga, irmã adorada, onde vai se esconder, para que não possamos nos perder, para que possamos nos reencontrar.
A Integridade respondeu aflita,
Mil perdões, irmãs amadas.
Mas nada disso tem sentido.
Não posso me esconder.
Também não será fácil me encontrar.
Se me perdem, não me acharão.
Se me exponho, não me reconhecerão.

Despediram-se com tristeza as irmãs.
Correram três delas para seus esconderijos.

Três das quatro irmãs correram.
A Sabedoria achou amparo.
A Fortuna encontrou guarida.
A Resiliência teve proteção.
Mas a Integridade, por ser quem é, andou tonta entre os humanos, sem ser achada, sem ser reconhecida.

As quatro irmãs.
Todas as quatro garbosas.
Todas as quatro bondosas.
A Sabedoria e a Fortuna,
a Resiliência e a Integridade,
andavam sempre juntas, e contentes,
de mãos e braços dados,
para que nunca viessem a se afastar.
As quatro irmãs.

ONDE SE ESCONDE A SABEDORIA

Seria possível conhecer mais que o conhecimento?
Talvez não haja resposta para isso. Talvez.
Talvez seja engano. Talvez.
Talvez seja correto buscar conhecer. E só.
E o que encontraremos enquanto buscamos?
(se é que podemos encontrar)
Explicação? Solução? Ou dúvida?
Talvez não cheguemos a conhecer. Talvez.

Seria permitido saber mais que a sabedoria?
Talvez não haja resposta para isso. Talvez.
Talvez seja tolice. Talvez.
Talvez seja inteligente procurar saber. E só.
E o que descobriremos enquanto procuramos?
(se é que conseguimos descobrir)
Certeza? Convicção? Ou insegurança?
Talvez não consigamos saber. Talvez.

Os filhos de Orunmilá sempre buscaram conhecimento.
Os filhos de Orunmilá sempre desejaram sabedoria.
E a isso não se poderá fazer crítica.
Mas houve um tempo em que se esqueceram do principal.
Esqueceram que Orunmilá possui conhecimento, que Orunmilá possui sabedoria, de um modo que ninguém mais poderia ter.
Como puderam ter disso esquecimento?

Os filhos de Orunmilá não consultavam mais o oráculo de Ifá, não pediam mais conselhos, não tinham mais sensatez, não atinavam mais o que é critério ou medida.
Os filhos de Orunmilá acreditavam que já conheciam o suficiente, que já sabiam o bastante. Faziam suas escolhas sem que Ifá os orientasse.
Os filhos de Orunmilá não ouviam mais Orunmilá.

Foi nesse tempo que Orunmilá falou de sua amargurada tristeza com Olofin, pai de todos, senhor de tudo o que existe.
Olofin deliberou que deveria esconder Ifá dos humanos para que aprendessem uma lição.

Ifá deveria ser escondido para depois ser encontrado.
Deveria se tornar secreto para depois ser conhecido.
Deveria se fazer oculto para só depois ser revelado.
Como fazer isso?

Olofin convidou seus filhos, os deuses, aqueles a quem chamamos de orixás, para que dessem opinião. Queria ouvir deles a forma de resolver o problema de esconder sem que fosse perdido, de fazer segredo daquilo que todos deveriam conhecer, de ocultar sem deixar de ser um dia revelado.

Todos os deuses se apresentaram.
E todos pareciam saber muito bem como superar o desafio.

Ogum, senhor da forja e da guerra, disse que enterraria Ifá no fundo mais profundo do mundo, bem onde os humanos não colocariam seus pés. Olofin ouviu seu filho e disse Assim não será possível reencontrá-lo.

Xangô, dono da festa e da justiça, disse que esconderia Ifá no raio e no trovão, bem onde os humanos não alcançariam com suas cabeças. Olofin ouviu seu filho e disse Assim não será possível recuperá-lo.

Oxum, rainha do ouro e da beleza, disse que submergiria Ifá no leito dos rios, bem onde os humanos não tocariam com suas mãos. Olofin ouviu sua filha e disse Assim não será possível resgatá-lo.

Oyá, senhora dos mortos e das tormentas, disse que sopraria Ifá no meio das tempestades, bem onde os humanos não conseguiriam imaginar com seus pensamentos. Olofin ouviu sua filha e disse Assim não será possível relembrá-lo.

Iemanjá, mãe querida dos peixes e dos litorais, disse que enterraria Ifá no areal moreno de seu exílio, bem onde os humanos não pensariam procurar com sua inteligência. Olofin ouviu sua filha e disse Assim não será possível redescobri-lo.

Olokun, dono dos mares e de suas estranhas criaturas, disse que afogaria Ifá no interior dos oceanos, bem onde os humanos não chegariam com seus aparelhos. Olofin ouviu seu filho e disse Assim não será possível conservá-lo.

Oxalá, senhor do silêncio e da leveza, disse que deixaria Ifá entre as nuvens brancas do céu, bem onde os humanos olham sem saber por que o fazem. Olofin ouviu seu filho e disse Assim não será possível enxergá-lo.

Olofin não tinha ainda sua resposta.
Mas Orunmilá não havia se pronunciado.
Orunmilá, e você? Como acredita que devemos proceder?

Orunmilá, guardião da inteligência, do conhecimento e da sabedoria, sugeriu que se deixasse Ifá dentro do peito dos humanos, bem onde eles poderiam encontrar se fossem merecedores. Olofin ouviu seu filho e disse Assim será feito.

Desde então Ifá é um segredo que se traduz por qualquer um que se digne a ter dele conhecimento; é um mistério, que se revela em qualquer um que pretenda ter dele clareza; é um enigma, que se decifra a qualquer um que sonhe em ter com ele intimidade.

OXALÁ É QUEM SABE

Oxalá é talvez
E também é quem sabe.
E por ser quem sabe,
E por ser talvez,
– quem sabe? –
Oxalá seja sabedoria.

Oxalá é tomara
E também é todavia.
E por ser todavia,
E por ser tomara,
– toda via? –
Oxalá seja caminho.

No tempo em que se conta esta história, Oxalá desejava ver seu filho. Todos conhecem o que veio a acontecer. E se ainda não sabem, saberão agora, pela maneira que aqui se irá contar.

Oxalá desejava ver seu filho.
Xangô era seu nome.
Xangô era rei. O rei mais bonito.
As mulheres eram loucas por ele.
Com ele queriam ficar.
Com ele queriam criar filhos.
Com ele queriam viver suas vidas inteiras.
Xangô era rei. O rei mais sedutor.
Os homens eram loucos por ele.
Com ele queriam seguir.
Com ele queriam criar cidades.
Com ele queriam viver suas vidas partidas.
Xangô era rei. O rei mais amado.
As crianças eram loucas por ele.
Com ele queriam brincar.
Com ele queriam criar aventuras.
Com ele queriam viver suas vidas pequenas.

O nome de Xangô era ouvido em todos os cantos com alegria.
Ele amava a festa, a música e a dança.
O nome de Xangô era cantado em todas as bocas com euforia.
Ele adorava a bebida, a comida e o sexo.
Xangô era o martelo da justiça, o compromisso e a lei.
Era a felicidade, o encantamento e a celebração.
Mas, que dó!, Xangô também foi o descuido e o abandono, o desespero e o esquecimento, a melancolia e a negligência.
Oxalá desejava ver seu filho.

Tanto tempo sem estar com ele.
Tanto tempo sem sentir seu corpo quente em seus braços.
Oxalá também era rei.
Rei de reino distante, desses que quase não mais se vê.
Reino de um homem só.
Oxalá era rei. O rei mais severo.
As mulheres eram loucas com ele.
Os homens eram loucos com ele.
As crianças eram loucas com ele.
Porque Oxalá amava o silêncio e a calma, e sofria por isso.
Porque Oxalá adorava a leveza e a brandura, e sofria disso.
Porque Oxalá desejava a perfeição e a disciplina, e sofria com isso.
Oxalá morava entre suas nuvens brancas, de céu e déu, e no capucho do algodão.
Oxalá vivia entre suas oficinas arrumadas, de fel e mel, e na poeira da imensidão.
Mas, que nó! Oxalá também foi a intolerância e a impertinência, a dureza e a exigência, a fúria e a estupidez.

Oxalá desejava ver seu filho.
Xangô era seu nome.
Mas para isso deveria se preparar.
Seria longa a jornada.
Oxalá era rei de um reino ignorado, nos confins do mundo, desses que quase não mais se crê.
Oxalá foi visitar um divinador.

Seu nome era Orunmilá.
Aquele de quem se diz ser o protetor da sabedoria, devoto da inteligência, guardião do conhecimento.
Orunmilá, o professor e o contador de histórias, a memória do futuro e o desejo do passado, o presente dobrado e desdobrado, para frente, para trás e para os lados.
Oxalá foi visitar o divinador.
Por que quis fazê-lo?
Para conhecer o que deveria sobre sua viagem?
Para fazer o que deveria para sua viagem?
Para conseguir o que queria em sua viagem?
Ainda não sabemos.
Oxalá alcancemos saber.

Porque Orunmilá desaconselhou Oxalá.
Não saia de sua casa agora, Babá.
E Oxalá não quis ouvir.
Amanhã verei meu filho.
Orunmilá poderia ter dito Então por que veio me procurar?
Mas não disse nada. A sabedoria muitas vezes cabe dentro do silêncio.
Oxalá, assim mesmo, entendeu a resposta que não foi dada, e falou Orunmilá, eu sou quem sabe, eu sou talvez.
E Orunmilá disse É verdade, Babá. Mas isso não impede que até mesmo o senhor siga enganado e sem rumo.
E Oxalá disse Orunmilá, eu também sou toda-via, eu também sou tomara.

Orunmilá e Oxalá ficaram um tempo sem tempo sentados, um diante do outro, sem que se ouvisse som nesse ou em outro mundo.
Oxalá se levantou finalmente e disse Obrigado, Orunmilá. Eu vou já.
Orunmilá respondeu Então faça oferenda, Babá. Faça sacrifício.
Oxalá se despediu de Orunmilá em sua porta, feita de sigilo e revelação, Obrigado, Orunmilá. Eu preciso ir mais que ficar.
Então tenha paciência, Babá, disse por último Orunmilá.
Oxalá sorriu, cerrou os olhos e abanou a cabeça com um gesto suave.
Oxalá se desfez em brisa e bruma.
Oxalá se foi.

Oxalá desejava ver seu filho.
Xangô era seu nome.
Mas para isso deveria estar preparado.
Seria aventurosa a jornada.
Oxalá era rei de um reino esquecido, desses que quase não mais se lê.

Oxalá vestiu sua roupa branca, toda branca, do branco mais branco, e partiu com a primeira névoa da manhã.

No primeiro dia de sua viagem Oxalá encontrou um homem velho. Ele suportava em suas costas o peso de um grosso saco de carvão. Esse homem velho, porém, não era o que parecia ser. Esse homem velho era Exu, dono de tantas artimanhas. Exu queria ensinar uma lição. Não se pode deixar de ouvir a sabedoria de Orunmilá sem haver consequência e derivação. Nem mesmo Oxalá, o mais grande entre os maiores, nem mesmo ele poderia fazê-lo. Oxalá é quem sabe. Mas Exu é quem pode ser talvez.

Vendo o esforço que fazia o homem velho equilibrando o saco de carvão em suas costas, Oxalá veio em seu socorro.
Posso ajudar?
Claro, Babá! Muito obrigado! Sempre soube de sua generosidade e atenção. Muito obrigado!
E dizendo isso, o homem velho, que era na verdade Exu transfigurado, deixou derramar inteiro o saco de carvão nas roupas de Oxalá. Oxalá estava agora todo emporcalhado. Sujo como detestava estar.
Oh! Perdão, Babá! Perdão! Oh! Não queria causar tanto transtorno!

Oxalá, que conhecia a fúria tanto quanto a brandura, precisou se controlar. Lembrou-se do que disse Orunmilá quando saía de sua casa feita de mistério e intuição, Tenha paciência, Babá. E Oxalá entendeu. Oxalá sorriu e fingiu não se importar. Carregou o carvão em suas costas como se nada houvesse de errado. E ainda mais sujo ele ficou.

O homem velho agradeceu a Oxalá.
E Oxalá pareceu fazer o mesmo.

No segundo dia de sua viagem Oxalá encontrou um homem novo. Ele carregava em seus braços o volume de um grande tonel de óleo de dendê. Esse homem novo, porém, não era o que parecia ser. Esse homem novo era Exu, senhor de todos os caminhos. Exu queria ensinar uma lição. Não se pode deixar de atender à inteligência de Orunmilá sem haver resultância e implicação. Nem mesmo Oxalá, o mais grande entre os maiores, nem mesmo ele poderia fazê-lo. Oxalá é quem sabe. Mas Exu é quem pode ser toda-via.

Vendo a força que fazia o homem novo pelejando com o tonel de óleo de dendê em seus braços, Oxalá veio em seu socorro.
Posso ajudar?
Claro, Babá! Muito obrigado! Sempre acreditei em sua serenidade e mansidão. Muito obrigado!
E dizendo isso, o homem novo, que era na verdade Exu transmudado, deixou cair inteiro o tonel de óleo de dendê nas roupas de Oxalá. Oxalá estava agora todo lambuzado. Sujo, ainda mais sujo, como abominava se encontrar.
Oh! Perdão, Babá! Perdão! Oh! Não queria causar tanto estrago!

Oxalá, que conhecia o desespero tanto quanto a doçura, precisou se segurar. Lembrou-se do que disse Orunmilá quando saía de sua casa feita de enigma e inspiração, Tenha paciência, Babá. E Oxalá atendeu. Oxalá sorriu e fingiu não se importar. Tomou o azeite de dendê em seus braços como se nada houvesse de errado. E ainda mais sujo ele ficou.

O homem novo agradeceu a Oxalá.
E Oxalá o mesmo fez parecer.

No terceiro dia de sua viagem Oxalá encontrou um menino pequeno. Ele brincava em suas mãos com uma faca de perigoso fio. Esse menino pequeno, porém, não era o que parecia ser. Esse menino pequeno era Exu, patrono de tantos destinos. Exu queria ensinar uma lição. Não se pode deixar de entender o conhecimento de Orunmilá sem haver decorrência e repercussão. Nem mesmo Oxalá, o mais grande entre os maiores, nem mesmo ele poderia fazê-lo. Oxalá é quem sabe. Mas Exu é quem pode ser tomara.

Vendo o perigo que corria o menino pequeno brincando com a faca de perigoso fio em suas mãos, Oxalá veio em seu socorro.
Posso ajudar?
Claro, Babá! Muito obrigado! Sempre quis conhecer sua piedade e compaixão. Muito obrigado!
E dizendo isso, o menino pequeno, que era na verdade Exu transformado, deixou escorregar a faca de perigoso fio nas mãos de Oxalá. Oxalá estava agora todo ensanguentado. Sujo, sujo, sujo, ainda mais sujo, como odiava se ver.
Oh! Perdão, Babá! Perdão! Oh! Não queria causar tanto malefício!

Oxalá, que conhecia a demência tanto quanto a ternura, precisou se dominar. Lembrou-se do que disse Orunmilá quando saía de sua casa feita de segredo e premonição, Tenha paciência, Babá. E Oxalá cedeu. Oxalá sorriu e fingiu não se importar. Guardou a faca de fio perigoso como se nada houvesse de errado. E ainda mais sujo ele ficou.

O menino pequeno agradeceu a Oxalá.
E Oxalá fez parecer o mesmo.

Esses foram os primeiros dias de viagem de Oxalá. Depois deles não é mais possível contar o tempo que passou. Se tanto, se pouco ou se tampouco, nunca será possível saber.
Oxalá andava sujo de carvão, óleo e sangue.
Oxalá tinha as roupas manchadas, fedidas, rasgadas.
Oxalá havia perdido as sandálias de couro e estava descalço.
Oxalá não parecia mais ser quem sempre foi,
o senhor do pano branco,
aquele que mora na casa silenciosa e fria das nuvens do céu,
aquele cuja barba branca embeleza sua boca,
aquele que reina com mão suave seu reino de algodão,
aquele que inventou a arte de criar os corpos humanos.
Oxalá, o mais grande dos maiores,
o mais hábil dos artistas,
o mais velho dos anciãos,
e o mais sábio também.
Oxalá parecia não ser; mas era.
Porque Oxalá é quem sabe.
Oxalá seguia, sem desistir, obstinado e brando,
Oxalá sabia, sem duvidar, perseverante e manso,
Oxalá conhecia, sem titubear, determinado e calmo,
o caminho que deveria levar até a casa do filho amado.
Oxalá, tão diverso de quem sempre havia sido, era dessa forma, cada vez mais ele mesmo.

Então Oxalá encontrou em seu caminho um cavalo brioso. Era o mesmo cavalo branco que havia oferecido como presente para Xangô, seu filho querido. Oh, mas que alegria! Devo estar em seu reino! Devo ter chegado! Pensando assim, Oxalá chamou o bicho tão bonito, tão seu conhecido. O cavalo foi trotando, feito ele próprio rei, parecendo sorrir, sacudindo a crina comprida, vinha saudar Oxalá, roçando a cabeça na cabeça de seu antigo dono. O que você faz aqui, amigo antigo, ein? Disse carinhoso Oxalá enquanto alisava o pelo do animal. Vamos! Vamos! Leva esse corpo pesado para casa de meu filho.

Mas antes que pudesse fazer o gesto da montaria, ouviu gritos furiosos em sua direção Ei! Ei! Você! Que pensa estar fazendo?! Esse é o cavalo de nosso rei! Eram soldados do reino de Xangô. Deve ter sido esse velho mendigo que o roubou! Ladrão! Ladrão! Venha conosco! Você vai preso! O rei ficará feliz com a captura! E com seu corcel também! O cavalo coiceava, bufava, empinava, parecia querer dizer que tudo aquilo era engano, parecia pedir a Oxalá que tudo esclarecesse. Oxalá, porém, nada dizia. Se deixou agarrar pelos brutos defensores de Xangô, sem resistência, amarrado, empurrado, chutado. Oxalá caiu e se levantou muitas vezes sem produzir som. Mesmo assim, pensava ele, estou cada vez mais perto da casa de meu filho.

Oxalá é quem sabe.
E disso não haverá quem duvide.

Mas se deixar levar assim, preso, desvalido, feito não ser quem é, desenxabido, desimportante, menor de tamanho e reconhecimento? Oxalá houvesse outra forma.
Oxalá também é talvez.
E com isso devemos aprender uma lição.
Porque Oxalá foi levado como prisioneiro, enfiado nos calabouços do reino de Xangô.
Encontramos, meu rei amado! Encontramos seu cavalo garboso, presente de seu pai!
E onde estava?
Andava com um velho sujo que o havia roubado.
E o que fizeram com meu cavalo?
Demos comida e ração.
E o que fizeram com meu ladrão?
Demos sova e prisão.
Xangô, tão feliz consigo, continuou festejando, como sempre fez, como sempre fará, e como mesmo agora está a fazer.

Oxalá caiu bruto na carceragem real. E por lá ficou.
Sujo. Mudo. Esquecido. Muito tempo. Muito tempo.

No reino de Xangô correram estações. O tempo do plantio. O tempo de espera. O tempo da colheita. Em nenhuma delas o tempo fez o que deveria ter feito. Choveu demais. Choveu de menos. O sol que se confiava brando foi rigoroso. Esteve quente quando era para ser frio e frio quando era para ser quente. Nada do que se pode aguardar da natureza, que se repita monótona para o auxílio dos humanos, nada se viu cumprir como o esperado.

Então houve menos comida para comer, menos vinho para beber. Então também as mulheres não tiveram filhos. Então também as crianças não tiveram brinquedo. Então também os homens não tiveram trabalho. Só Xangô não soube disso. Para o rei mais bonito nada faltava. Não faltava comida ou vinho, não faltavam mulheres ou homens. O reino de Xangô sofria sem que seu rei tivesse disso conhecimento. De tudo fizeram para poupar o rei tão amado do aborrecimento desastroso. Aborrecimento de ser a realidade o que é, e não o que deveria ser.

No reino de Xangô os tempos não ajudavam. As horas e as sazões. O tempo parecia ter se tornado inimigo do reino de Xangô. Mas por que razão? Não nasciam os grãos. Não brotavam as flores. Não cresciam as crianças. Choravam as mulheres. Gritavam os homens. Então não foi mais possível esconder tanta desventura do rei. No reino de Xangô já se contavam oito anos assim.

Meu rei, não podemos mais esconder. Diga o que é. Ah, meu rei, o tempo de seu reinado está por se acabar. Xangô saltou, como se um bicho nervoso de muitos dentes afiados tivesse rosnado em seus ouvidos. E com rapidez ele correu seu reino. Os campos haviam secado. As mulheres sequer choravam. Os homens já não gritavam. Não havia mais crianças para brincar. Xangô desesperou. O que poderia fazer?! Como poderia saber?! Então Xangô se lembrou de onde encontraria solução. Tragam a mim agora mesmo o divinador que chamam de Orunmilá! Ele saberá o que devemos fazer.

Orunmilá é chamado das montanhas para nossas casas.
Orunmilá é chamado dos caminhos para nossas casas.
Orunmilá é chamado de dentro do mundo para nossas casas.
Orunmilá, venha!
Orunmilá é chamado dos rios para nossas casas.
Orunmilá é chamado das lagoas para nossas casas.
Orunmilá é chamado dos oceanos para nossas casas.
Orunmilá, venha!
Onde quer que esteja, Orunmilá, venha!
Atende ao nosso chamado!
Orunmilá, aquele que não tem ossos em seu corpo, aquele que ensina às crianças e aos mais velhos, aquele que testemunha todos os destinos.
Orunmilá, venha para nossas casas!

Orunmilá recebeu o aviso do reino de Xangô.
E era tão longe. E era tão perto. Haveria distância para contar? O que seria espaço? O que seria tempo? Então Orunmilá já havia chegado.

Como posso ajudar ao rei mais bonito? Aquele que põe fogo pela própria boca, aquele que se deita com mil

mulheres hoje, amanhã e depois, aquele que não se perturba com os tremores do mundo, como posso ajudar?
Meu reino, Orunmilá, está por se acabar. O que houve? Como posso dele fazer conserto?

Orunmilá jogou sua corrente encantada na esteira, aquela onde se arranjam amarradas as oito metades das sementes da árvore sagrada, aquelas que caem viradas para cima e para baixo avisando do destino que as coisas têm. Orunmilá jogou sua corrente muitas vezes, levantou a cabeça e disse Xangô, meu rei querido, martelo da justiça, cabeleira de fogo e brasa, em suas prisões existe alguém que não deveria estar lá.
Xangô, o rei que vence as guerras sem verter o sangue dos inimigos, correu para seus calabouços trevosos. Uma a uma das celas Xangô visitou. Este é criminoso conhecido, meu rei. Este matou sem motivo. Este mentiu sem razão. Este roubou sem ter fome. Este amou sem permissão. E este que quase não se vê, no fundo de seu cárcere? Este foi o que tomou seu cavalo, meu rei. Dele nunca ouvimos a voz, nunca soubemos o nome, nem de onde veio ou para onde iria. Xangô se aproximou das grades. O preso levantou o corpo sujo e fedorento com dificuldade, se moveu lento em direção aos ferros de sua cadeia. Dele não se via quase nada além de uma sombra. Mas seus olhos... Seus olhos tinham a cor do algodão mais puro e o brilho da prata mais reluzente. Seus olhos... Xangô então entendeu. Meu pai! Meu pai!

É meu pai! Abram as grades! Xangô tomou seu pai nos braços, chorou em seu ombro e o carregou em suas costas por todo o palácio, por todo o reino. Meu pai! Meu pai! Eu não sabia! Perdão! Perdão! Diga, meu pai! Diga alguma coisa! Fale comigo! Oxalá quebrou o silêncio de oito anos. Filho amado! Preciso de banho e roupas brancas. Depois nos sentaremos como pai e filho.

No reino de Xangô voltou a cair chuva. A terra se pôs fértil novamente. As sementes brotaram e viraram grão. As mulheres voltaram a ter suas barrigas cheias com novas crianças. As crianças voltaram a brincar. As mulheres voltaram a trabalhar. Os homens voltaram a trabalhar.

Oxalá é quem sabe.
E por ser quem sabe,
E talvez também,
Oxalá seja sabedoria.

Oxalá é todavia.
E por ser toda via,
E tomara também,
Oxalá seja caminho.

NOTAS

Enugbarijó. A boca que tudo come

Esta história é o reconto de um mito de Exu, que pode ser encontrado no Odu Ifá Ogbe Ojuani, ou Ogbe Wale. Eu a conheci através de um conjunto de textos que me foram dados pelo babalawo carioca Rodrigo Ifayode Sinoti, há mais ou menos vinte anos.

Naquela época Rodrigo estava mantendo contato com o babalawo Falagbe Esutinmibi, do Ile Asé Marabo, de São Paulo. Foi Falagbe que nos franqueou o conhecimento desta e de outras histórias de Exu. Lembro-me do entusiasmo que tivemos na ocasião, não só por aprender um pouco mais sobre Exu e os Odu Ifá em que suas histórias eram contadas, mas também porque tivemos acesso à uma edição bilíngue, português e iorubá, o que nos permitiu aprender um pouco mais sobre o idioma africano e também sobre a prosódia de seus versos.

Escolhi recontar a história buscando manter um tanto das marcações que a oralidade usa. Na versão original, Exu falava de sua fome três vezes antes de dizer que comeria Yebiirú. Acrescentei mais uma para fazer quatro e aludir ao tempo que passa através das estações.

Também adaptei a canção de Yebiirú. No original o texto se repete todas as vezes da mesma maneira assim: "Criança coma/ Criança continue comendo/ Uma criança é como pérolas vermelhas/ Uma criança é como latão/ Uma criança é como uma grande diversão/ Aquele que tem uma honra apresentável está representado depois da morte/ Nós mesmos/ Por muito tempo eu tive uma criança/ Continue comendo."

Como meu interesse neste livro é a recriação literária a partir das histórias de Ifá, e não sua reprodução ou tradução direta, me senti à vontade para acrescentar versos diferentes para cada uma das vezes que Yebiirú cantava. Tentei preservar um tanto da prosódia dos versos originais, ao mesmo tempo que busquei valorizar a experiência de ter filhos.

Note o leitor não haver resistido a fazer uma menção – mesmo que ligeira – aos versos de Gregório de Matos "O todo sem a parte não é todo/ A parte sem o todo não é parte/ Mas se a parte o faz todo, sendo parte/ Não se diga que é parte, sendo todo". Gregório de

Matos escreveu este soneto por ter sido encontrado o braço de uma imagem de Jesus Cristo em um rio da Bahia setecentista. Achei impossível não fazer referência ao poema do "Boca do Inferno", inda mais se tratando da provocação evidenciada pelo duplo Exu/Jesus.

Ainda devo dizer que a versão que nos foi apresentada por Falagbe possuía outro final. Toda a história que contei, e como contei, está no texto que recebemos do babalawo paulistano. No entanto, ela só se encerrava bem depois de outros desdobramentos. Decidi que, para o interesse meramente literário desta versão que escrevi, valia encerrar a contação no momento em que Exu se transforma em muitos e vai viver como uma pedra vermelha – a laterita – na porta da casa de Orunmilá. Neste momento Exu é Yangui (ou Yangi), identificado com a criação das primeiras coisas e com o primeiro ser humano. Por esta mesma razão, Yangui é considerado Exu Agbá, o mais velho, ou o mais poderoso, capaz promover todas as atividades religiosas junto a Orunmilá.

Por fim, esta história já foi contada pelo grande pesquisador Reginaldo Prandi, em seu livro *Mitologia dos orixás*, com o título "Elegbara devora até a própria mãe". José Beniste, por sua vez, não conta esta história de Exu, mas em *Mitos yorubás, o outro lado do conhecimento*, faz referência a Yebiirú como esposa de Orunmilá no conto "A amizade de Exu e Orunmilá".

O pássaro de infinita beleza

Entre os babalawos latino-americanos circulam diversos *Tratados de Ifá*. São livros que reúnem informações sobre os 256 Odu Ifá, onde podem ser encontrados provérbios, histórias, medicinas, orações, cantigas e conselhos dos antigos sacerdotes. Costumam ser conhecidos como *Tratadão*, ou *Tratado da Venezuela*, *Disse Ifá*, ou, ainda, *Tratados afrocaribenhos*. Há alguns anos estive na casa de um dos maiores babalawos cubanos que já residiram no Brasil, o grande Wilfredo Nelson, já falecido. Ele foi responsável, ao lado de Rafael Zamora Dias, pela revitalização de Ifá no Brasil a partir dos anos 1990. Recebeu-me calorosamente seu filho, Wilfredo Nelson Filho, que me proporcionou a oportunidade e o privilégio de ver os originais datilografados, anotados a lápis e à caneta por seu pai. Nelson era o "libreteiro", o anotador dos jogos de Ifá, preferido por todos os babalawos de sua geração em Cuba por ser dono de uma letra muito bonita. Dessa forma, e com sua inteligência e memória prodigiosa, Nelson acabou por se tornar um dos sacerdotes de maior conhecimento em Ifá em toda a diáspora, seja através de suas histórias ou da liderança que exercia em suas cerimônias.

Digo isso porque o *Tratado de Ifá* que recebi quando me iniciei foi preparado, pelo menos boa parte dele, por Wilfredo Nelson. Naquela ocasião, há mais de vinte anos, é claro, não fazia a menor ideia disso. Deste livro, sempre me intrigaram algumas frases como "aqui nasce não comer frutas", "aqui nasce cantar", "aqui nasce a atmosfera", "aqui nasce a corrente", e assim por diante. Com o tempo fui me dando conta de que este foi um recurso mnemônico que os antigos babalawos encontraram para nos fazer lembrar de alguma passagem específica daquele Odu. O que é ótimo. O problema é que muitas daquelas histórias acabaram por se perder, ficando somente estes refrãos.

Contei isso tudo para dizer que no Odu Ifá Ogunda Otura, ou Ogunda Tetura, Etura ou Teturala, encontra-se uma frase dessas, enigmáticas: "Fala Akó Kiyé, o pássaro de infinita beleza que estava na cabeça do reino da bruxaria." Também já encontrei a indicação "o pássaro de infinita beleza preso no reino da magia". Sempre quis saber que história poderia ser essa. Procurei em outros tratados e não encontrei muita coisa. Na volumosa obra de Solágbadé Poopolá – *Pratical Ifá Divination* – encontrei referência a um "pássaro carpinteiro de plumas brilhantes". Mas nada sobre o reino da bruxaria. Em Osamaro Ibie – *Ifism: the complet Works of Orunmila* – descobri uma história em que a pomba, por ser muito bonita, tinha vários amantes, entre eles a tartaruga, o tigre (ou leopardo), o leão e a serpente. É uma história que termina mal. Já no *Tratado de Ifá da Venezuela*, que circula entre os babalawos da diáspora ligados à tradição afrocubana, descobri a história de um pássaro tão feio, tão feio que todos queriam matá-lo.

Não é uma história politicamente correta, sei disso. Mas o pássaro feio consulta Ifá, faz ebó e passa a ter a proteção de Ogum e Xangô, e o respeito de todos. Já nos livros de Epega – *The sacred Ifa Oracle* – e de Karenga – *Odú Ifá: the ethical teachings* – não existem referências a pássaros. Também nada encontrei no tratado de Guilhermo Castro sobre o assunto.

É bem verdade que pássaros bonitos ou feios, que chamam a atenção de inimigos e invejosos, que tentam trair, enganar e matar, são relativamente frequentes nas histórias de Ifá. Talvez aquela que mais facilmente seja lembrada pelos babalawos é a que se encontra no Odu Ifá Ogbe Ofun, ou Ogbe Funfunló, em que uma ave totalmente branca era a predileta de Olofin. Uma narrativa semelhante, com algumas variações, também se encontra no Odu Ifá Obara Oshe, Obara She, ou Obara Moroshe. O que me parece interessante ressaltar é que em muitas dessas histórias, quando aparecem os pássaros, bonitos ou feios, existem problemas associados às disputas com inimigos, à inveja e à traição, seja pela beleza que possuem, pelo prestígio de que desfrutam, ou ainda por qualquer outra frivolidade injustificável.

Então, o que contei aqui não é a adaptação de uma história que tenha ouvido em algum lugar ou lido neste ou naquele tratado; é uma criação literária a partir do refrão "o pássaro de infinita beleza preso no reino da magia". Como nunca encontrei a história, resolvi escrevê-la. Mas antes que se levantem furiosos contra mim, queridos amigos sacerdotes de Ifá, quero deixar bem claro o que já disse: não criei esta versão tendo em mente a consulta oracular; ela foi pensada como uma invenção ficcional, literária, sem utilização para o jogo de Ifá. Pelo menos até agora.

A pérola negra

A pérola negra é uma história que se encontra no Odu Ifá Otura Otrupon, Otura Trupo ou Etubón. Sempre gostei muito dela e das imagens que evoca, a plasticidade que têm. Imagino o oceano e a solidão que ele traz junto; imagino os dias, as estações, sol e calor, chuva e frio, e o pescador de pérolas, sem nunca desistir de sua ambição. Essa história me faz pensar em um personagem fugidio, que está lá, mas que tenta se esconder entre os sons do mar e das palavras: o tempo. Gosto de ver os sinais de envelhecimento, no corpo magro do pescador, as mudanças que o tempo promove, enquanto sua intenção não se altera.

Ouvi esta história pela primeira vez há muitos anos, durante uma consulta oracular de iniciação em Ifá. Como sou vítima da violência que o tempo e o esquecimento costumam promover, não lembro qual babalawo a contou. Também não recordo quem a ouvia como coisa sua. Mas está comigo ainda agora a sensação que causou. Senti uma combinação estranha de melancolia e ternura; tive pena, medo e angústia. Como seria ter uma vida assim, desperdiçada por uma ambição desenfreada, que nunca permitiu suspeitar que haveria chance de ser realizada e que, quando finalmente é conseguida, se perde? E não viu o pescador tudo o que poderia ter conseguido com seu trabalho, com todas as pérolas que tirou do oceano? Que coisas todos nós fazemos que possam ter nessa história uma alegoria?

Anos depois que a ouvi pela primeira vez, encontrei esta mesma história no *Tratado da Venezuela*. No *Tratadão* cubano está anotada apenas a referência, como "el camino de la perla negra", somente isso. Não encontrei nada semelhante nas edições de Popoolá, Epega e Osamaro. Também não achei qualquer coisa parecida nos livros do norte-americano Karenga ou do cubano Guilhermo Castro, que, da mesma maneira, não anotaram a fábula da pérola negra. Essa ausência me faz pensar que talvez esta história tenha sido contada originalmente já por aqui, deste lado diaspórico do Atlântico, muito provavelmente a partir dos babalawos cubanos. Outros diriam que Cuba preservou esta história, "perdida" pelos africanos da contemporaneidade, o que não é de todo absurdo pensar. De uma forma ou de outra, além do *Tratado da Venezuela*, só tenho a lembrança irrepetível e irrecuperável do dia em que ouvi um babalawo falar do caçador de pérolas, com o encantamento que só essas horas possuem.

Uma última observação. O texto copilado no *Tratado da Venezuela* é bem direto e curto. Com isso quero dizer que ele não possui qualquer compromisso poético, se prestando somente ao atendimento oracular de Ifá que deve ter e, como tal, sem o requerimento necessário de recursos literários. O que tentei fazer com esta versão que escrevi foi acrescentar um tanto deste gosto pelas palavras, sem qualquer interferência em seu sentido original. Gostaria de observar com o leitor atento o uso dos adjetivos para a pérola negra, que vão dando conta das mudanças dos humores do pescador e da própria evolução da narrativa. Pérola negra e apaixonada.

A espera

Esta é uma fábula retirada do Odu Ifá Ogbe Ogunda, ou Ogbe Yono, Ogbe Suuru e Ogbe Oligun. Eu a ouvi pela primeira vez em uma consulta oracular há muitos anos. Neste caso, lembro-me bem de quem era a cerimônia e quem a contou. Mas peço perdão e entendimento ao leitor para faltar com estas informações. De qualquer forma, encontrei a mesma história no *Tratado da Venezuela*. Não identifiquei, porém, sequer versões suas em outros autores africanos, como Popoolá, Epega ou Osamaro. Também não a vi em Karenga ou em Guilhermo Castro. Mais uma vez, me permito levantar a suspeita sobre a contação desta história entre nós, da diáspora. Se ela se "perdeu" na África e foi preservada aqui, ou se passou a ser contada entre nós, é bem difícil saber. E, de qualquer forma, para os objetivos da consulta oracular, ela deverá alcançar os mesmos efeitos desejados, não importando para tanto sua origem.

Deste Odu, e desta história em particular, há muito a dizer. De Ogbe Yono conhecemos, ou podemos ter acesso, a um número realmente impressionante de mitos e fábulas. Estou falando de dezenas de histórias, muitas delas lembradas por toda gente, como aquela em que se conta como o filho de Orunmilá, *Afuwape*, conseguiu a melhor cabeça das oficinas de Ajalá; ou como Orunmilá teve sucesso ao fazer acordos com *Iyá mi Osorongá*, contendo sua sanha destruidora. Ogbe Yono é um Odu Ifá que possui histórias muito significativas, seja por sua importância litúrgica, seja pelos muitos alcances que suas interpretações permitem. Mas uma das características recorrentes em muitas de suas narrativas é o frequente elogio à paciência e à serenidade. Não por acaso Ogbe Yono é também chamado Ogbe Suuru, "Ogbe tem paciência", como forma de nos fazer lembrar de uma de suas mais notáveis virtudes.

Quando ouvi esta história naquela iniciação de anos atrás, recordo ter sido ela utilizada exatamente neste sentido pelo babalawo que a contou, o de ser capaz de demonstrar grande paciência. Gostaria de afirmar vigorosamente que neste Odu Ifá a recomendação sobre a paciência e a serenidade são, sim, fundamentais. Consigo pensar em pelo menos três histórias anotadas por Osamaro e outras duas por Popoolá em suas obras que tratam deste tema, o que facilmente justifica este entendimento. E, além do mais, evidentemente a paciência é um atributo que o personagem desta história possui. Mas, que me perdoe o leitor vigilante, sempre entendi sua possibilidade de interpretação de outra maneira.

Desde a primeira vez que a ouvi, esta história me pareceu tratar de obsessão, e não exatamente da paciência ou, ainda menos, de serenidade. Em nome deste interesse monomaníaco, o personagem não fez outra coisa senão levar às últimas consequências o desejo de vingança que tinha, interpretando a seu modo as recomendações de Orunmilá. Então precisamos notar uma ou outra coisa aqui.

Quando o personagem procura Orunmilá, o desejo que o motivava era saber como poderia cumprir bem seu objetivo, ou seja, fazer uma longa viagem para conseguir vingança. Como afirmei no reconto, não somos informados de quais os motivos de sua ofensa e até mesmo se havia razão para trazer seu coração pesado. Mas a vingança não é um bom pretexto, podemos supor. Então, note que Orunmilá sequer consultou o oráculo de Ifá, oferecendo ao homem ofendido apenas o seu conselho: não vá. Como se manteve insistente, Orunmilá oferece nova recomendação, falando do buraco, da árvore e do rio. Ora, o que podemos pensar, a partir do que disse Orunmilá através de sua linguagem toda feita de enigmas, é que recomendava ao homem que voltasse para sua casa diante da presença do primeiro grande desafio. De tal maneira que o buraco, a árvore e o rio poderiam ser compreendidos como sinais que alertariam sobre a insensatez de seu projeto inicial e a importância de desistir dele, cedo ou tarde. Mas não foi isso que o homem injuriado entendeu.

Para que um buraco se encha sozinho com folhas, uma árvore se dissolva em pó e um rio tenha seu leito seco, muitas estações precisam ser consumidas. Então, esta é outra das histórias de Ifá em que o tempo está lá, sem que sua presença se revele óbvia. Tentei deixar isso melhor assinalado durante a experiência das três etapas, em que se repetem as estruturas internas do texto, corrigindo sutilmente o corpo e o ânimo do homem enquanto fazia sua jornada através de adjetivos. Até que se esquecesse de seu propósito original.

Ogbe Yono é um Odu Ifá que recomenda ter paciência e serenidade. Já disse isso. Mas acredito que esta história fale de obsessão e, ainda pior, do risco de perder muito tempo, ou uma vida inteira, perseguindo projetos que não têm sentido ou valor.

O Dinheiro e a Amizade

Esta história pertence ao Odu Ifá Ogbe Ofun, também conhecido como Ogbe Fun ou Ogbe Funfunló. Encontrei-a anos atrás anotada por Solagbade Popoolá em sua obra fundamental. Não me lembro de tê-la visto em outra parte.

Nesta versão que escrevi não alterei nada de seu sentido original. O que fiz aqui foi tentar encontrar um meio de contar a história como uma fábula, com o sentido moral que histórias desse tipo demandam. Neste caso, o ensinamento é bem explicado com a sentença "o dinheiro fere a amizade". Mas existe mais para comentar.

A primeira coisa que gostaria de dizer é a respeito dos personagens Dinheiro e Amizade. Entenda, histórias em que animais falam, e até mesmo plantas e objetos interagindo com humanos, não são estranhas à literatura. É fácil se lembrar das fábulas de Esopo, das de La Fontaine, Charles Perrault, Hans Christian Andersen, dos irmãos Grimm; além, é claro dos contos tradicionais russos, chineses, hopis, amazônidas, tupis-guaranis, bantos, nórdicos, japoneses... A lista é tão extensa quanto é dilatado o número das culturas. Mesmo considerando suas inquestionáveis especificidades, em todas estas histórias é possível identificar alguns traços análogos, como a preocupação de ensinar algo de útil ou valoroso à sociedade em que está referida; o que pode ser um mero aviso sobre obedecer os pais, não entrar na floresta sozinho ou não confiar em estranhos. Daí retira-se o caráter frequentemente pedagógico e moralizante que têm as fábulas. Outro ponto em comum é a antropomorfização de personagens. Ou, dizendo de outra maneira, a atribuição de características humanas a animais, plantas ou objetos. É preciso notar aqui que não só as fábulas fazem isso, mas igualmente os mitos, quando os deuses também assumem aspectos antropomórficos. Não espanta, portanto, que divindades, egípcias, gregas, nórdicas, chinesas, hindus, iorubás, ganhem feições e atributos humanos, mesmo sendo apontadas em suas narrativas como protagonistas excepcionais, dotadas de aspectos anímicos, ou como potências criadoras e reguladoras da própria criação. De qualquer forma, é bem comum, na contação de histórias infantis e de fábulas, a antropomorfização de animais, plantas ou objetos, como estratégia que acentua ou suaviza características tipicamente humanas, tratadas então de maneira exemplar.

No caso iorubá, acrescentamos ao repertório destas estratégias antropomórficas as palavras, ou conceitos, como personagens. As fábulas contadas com este tipo de protagonista tornam ainda mais evidente o caráter instrutivo e moralizante que possuem. Contei nesta pequena coletânea algumas poucas narrativas deste tipo. Mas o leitor atento irá se lembrar do que preveni rapidamente ainda no prólogo: que estas histórias – mitos ou fábulas – estão indexadas no corpo literário de Ifá, possuindo, desta maneira, uma função oracular. Portanto, em uma fábula como esta, do Dinheiro e da Amizade, não estão em questão os interesses alegóricos, antropológicos ou mesmo filosóficos que possam provocar; acima de tudo, estão em jogo as condutas que devem ser ajustadas, pelo sacerdote que realiza a divinação e, é claro, por aquele que deseja se orientar a partir dos conselhos de Ifá. Essas histórias são alegorias existenciais, porque, de alguma maneira misteriosa, contam nossas histórias.

O Dinheiro e a Amizade eram amigos. O Dinheiro tinha muito dinheiro e a Amizade... amizade. A Amizade pede dinheiro emprestado ao Dinheiro e não paga, o que acaba por causar a reação raivosa do credor. Muito pode ser retirado daqui, além da sentença "o dinheiro fere a amizade". Conselhos como "volte para sua casa e esqueça a dívida", "preserve sua amizade", "a amizade é mais importante que o dinheiro", são quase óbvias. Mas também podemos pensar em outras orientações, como: "não empreste dinheiro, e se emprestar, esqueça-se dele"; "não pegue dinheiro emprestado, e se pegar, se organize para pagar a dívida", afinal, se a amizade vale mais que o dinheiro, isso deve servir para ambos os envolvidos. Ainda mais, se o credor esquece da amizade em nome do dinheiro emprestado, é muito provável que os valores que possui não o credenciam a ser um amigo valoroso.

O mesmo pode ser dito em contrário, ou seja, abusar da amizade em favor do interesse que o dinheiro pode suscitar também desacredita a importância da amizade para o devedor. E se ainda extrapolarmos a interpretação, podemos pensar não somente no dinheiro emprestado, mas em outras "moedas de troca", como ajuda, atenção, dedicação, e até mesmo em amor e amizade, como em "dois pesos para duas medidas".

Pretendi ressaltar com esses comentários a importância que pode assumir uma fábula como esta, do Dinheiro e da Amizade, em uma consulta oracular. Nunca será demais lembrar que o verdadeiro valor que estas narrativas possuem é como princípio orientador de condutas, como alegorias existenciais, que se prestam a ajudar na mudança, na adequação ou na prevenção de comportamentos em nossas vidas.

Hoje e Amanhã

Talvez não precisasse dizer muito sobre esta fábula. E não desejo me referir à lição, ou às lições, que podemos retirar dela, mas à sua condição muito particular de escrita.

Encontrei a história de Hoje e Amanhã no Odu Ifá Ogbe Iwori, ou Ogbe Weñe, registrada por Solagbade Popoolá em sua obra indispensável. Ela conta a relação entre esses dois amigos que desejavam prosperar. Por não conseguirem, apesar de seus muitos esforços, eram hostilizados e ridicularizados por todos aqueles que acompanhavam suas iniciativas. Até que consultam Ifá, fazem ebó e conseguem enfim realizar as intenções que possuíam. É uma estrutura de narrativa bem simples, que só poderia ser estendida ficcionalmente se houvesse o desejo de contar suas várias tentativas fracassadas, as infâmias ditas contra eles e o sofrimento e a superação de suas dificuldades. Não quis seguir por esse caminho. E confesso que não o fiz porque utilizei, quase que por completo, o texto de Popoolá como base para minha versão. O poema duas vezes recitado pelos amigos é a tradução do que escreveu o autor africano, com uma ou outra pequena mudança que achei conveniente fazer. De todas as histórias constantes neste livro, portanto, esta é a que mais se avizinha da versão iorubana original – entendendo por original, por favor, não o essencial e muito menos o verdadeiro, mas o mais próximo da versão que utilizei para reescrevê-la.

Dito isso, faço um ou outro rápido comentário, que me parecem inescapáveis.

Como disse, a estrutura desta narrativa é bem simples: conhecemos os personagens, sabemos de seus interesses, suas dificuldades para alcançar o que desejavam, o descrédito público em relação às sucessivas tentativas fracassadas e, enfim, a solução, com direito a festejamento. Facilmente podemos entender esta fábula como uma lição sobre perseverança, tenacidade e obstinação. E isso seria verdadeiro, afinal, Hoje e Amanhã não esmorecem, insistindo em seus projetos de prosperidade, acabando por alcançar sucesso. Mas esta fábula me parece contar mais do que uma alegoria para alegrar a competitividade do empreendedorismo.

O que é necessário observar, penso assim, é que esta história não é sobre dois amigos chamados Sucesso e Vitória, ou Persistência e Vontade, ou ainda Sorte e Fortuna – e isso só para ficar com algumas possibilidades das palavras-conceito, que interessam para este caso. Os amigos eram conhecidos como Hoje e Amanhã e sempre andavam juntos. E essa é a chave para sua interpretação.

A despeito de poder pensar em uma fábula que conta algo sobre o sucesso empresarial e como chegar a alcançá-lo, a história de Hoje e Amanhã me leva a fazer uma reflexão ligeira sobre ética. Entenda o leitor que além de andarem juntos e serem bons amigos, Hoje e Amanhã estão preocupados em conquistar o mesmo objetivo, respeitando um ao outro. Dizendo de outra maneira, o compromisso de Hoje, o presente, era fazer tudo que estivesse em seu alcance para que Amanhã, o futuro, pudesse ser uma pessoa melhor; enquanto Amanhã desejava saber o que seria necessário fazer agora, Hoje, para ser feliz no futuro, Amanhã.

Entenda, este jogo de palavras não é trivial. Ele supõe um compromisso com as condutas que todos devemos assumir cotidianamente, sabendo dos efeitos que terão no futuro; e, de maneira complementar, que o futuro é o resultado de nossas atitudes presentes. Por esta razão acredito que a fábula de Hoje e Amanhã nos conta algo sobre ética, na medida em que previne sobre os pactos que fazemos agora e dos impactos que teremos depois.

Acredito, igualmente, que a fábula dos dois amigos, que são também dois recortes de tempo, nos convida a pensar sobre os propósitos que movem nossas vidas. Que acima de tudo devemos ter objetivos, projetos, propostas, que envolvam o desejo de felicidade e de motivação existencial, coisa que se vier a falhar pode nos levar ao desespero e à ausência de sentido. Vejo também nesta história dois amigos que têm virtudes complementares, talvez um mais voltado para a vida prática, enquanto o outro é mais bem talhado para sonhar. Além disso, encontramos aqui a necessidade de muito trabalho para tornar possíveis nossos desejos, muita convicção sobre aquilo que pretendemos conquistar, muita serenidade para seguir em frente.

Por fim, não resisti a fazer uma pequena homenagem às noções de tempo que encontramos no Livro XI das *Confissões*, de Santo Agostinho, a partir do elogio à sabedoria de Orunmilá. Como divindade responsável pelo oráculo de Ifá, Orunmilá deveria, entre tantas atribuições e virtudes, adivinhar um tanto do passado, do presente e do futuro. Mas, sendo sábio, Orunmilá também conhece as impermanências e incertezas que carregam os tempos. Então, para Hoje e Amanhã, Orunmilá diria que só faz sentido suas existências se sentido lhes for criado. Senão, Hoje é só fugacidade e Amanhã é só ilusão.

A cidade dos loucos

Tenho muito a dizer desta história. E não somente dela mesma, mas da forma como escolhi contá-la.

Encontrei a fábula da Sanidade no tratado de Guilhermo Castro. O autor e babalawo cubano a anotou no Odu Ifá Iká Oshe, ou Iká Fá, com o título de "La Cordura en el pueblo de los locos". Cordura é uma palavra que pode ser traduzida do espanhol como sanidade. Já *sanidad* é traduzido por saúde, e *salud mental* por saúde mental, além de outras possíveis aproximações. E foi assim que fiz, respeitando o sentido que a fábula deseja nos fazer entender. Em nosso idioma cordura também ocorre, sendo sinônimo de sensatez, juízo e discernimento, ou aproximada por analogia à brandura, mansuetude, cordialidade, prudência, cautela, moderação, doçura, serenidade, calma, benevolência, bondade, tolerância, transigência, entre outros usos. Esta observação me parece importante porque fiz aqui uma opção por traduzir – e entender – o nome do personagem da fábula como Sanidade. Se fizesse outras escolhas, considerando a identidade que possui com nosso idioma, certamente o sentido seria alterado e a história deveria ser recontada em outros termos. Imagine o leitor se ao contrário de Sanidade elegesse a Sensatez como nome de nosso personagem. Ou ainda mais grave, Discernimento, Bondade e Cautela. Esta fábula teria outro sentido, completamente diverso. A opção, portanto, pela tradução como Sanidade é não somente uma alternativa que está de acordo com o que o idioma espanhol sugere, contrariando boa parte dos sentidos que possui em nossa língua, mas também uma decisão conceitual.

Dito isso, a fábula da Sanidade é contada por Guilhermo Castro de maneira bem direta. Sua visita é apresentada logo no início da narrativa sem qualquer explicação: "La Cordura hizo advinación antes de partir a la tierra de los locos pero no sacrificó"; a Sanidade fez adivinhação antes de partir para a terra dos loucos, porém não fez sacrifício. Não fomos informados onde estava, qual foi sua motivação, como chegou a saber da necessidade de fazer o sacrifício, muito menos qual deveria ser realizado. Também não fomos prevenidos sobre como era esta terra dos loucos, como viviam e como chegaram a se reunir em um lugar exclusivamente seu. Sabemos apenas que a Sanidade realizou uma viagem à terra dos loucos. Assim segue a fábula contada por Guilhermo Castro, sem mais detalhes, em outro breve parágrafo. Entenda o leitor que o objetivo do autor, um dos maiores babalawos da diáspora latino-americana, não era tornar esta fábula mais que uma história a serviço da atividade oracular. Conhecendo sua substância, qualquer sacerdote de Ifá inteligente e habilidoso seria capaz de realizar as interpretações que dela podem se depreender. E foi somente isso que interessou a Guilhermo Castro. O que já não é pouco. Mas o tema da fábula, e como ela se desenvolve, me fez pensar em outras alternativas de contação.

A primeira intenção que tive foi iniciar com uma espécie de cantilena, que não apresenta a história, mas sua atmosfera, digamos desse jeito. É comum encontrar nas versões africanas uma rápida introdução em versos que tem o mesmo propósito. Fiz algo semelhante outras vezes em todo o livro. Em muitos casos, as versões que encontramos em Popoolá ou em Osamaro são antecedidas por provérbios que, em seguida sabemos, são também nomes dos babalawos que consultaram Ifá para o personagem da história que irá ser contada. O que fiz foi tentar homenagear esta tradição.

Ainda sobre esta cantilena, o leitor concentrado deve ter percebido a confusão de quem fala, de quem ouve e responde. Foi proposital. Queria criar a impressão, desde o princípio, de um diálogo interno, feito sempre pelo mesmo narrador, como a sugerir sua desordem mental e a angústia. A sequência do texto em prosa tem o mesmo objetivo conceitual. Tentei tornar ainda mais problemática sua leitura, embaralhando as falas, sem qualquer indicação individuada, como os tradicionais travessões, ou as vírgulas que o escritor português José Saramago usava. Mas o diálogo é então agravado pelos temas da loucura e da sanidade. Não pretendi escrever um ensaio sobre o assunto – o que seria, aliás, desproporcionado de diversas maneiras. Mas pretendi defender alguns pontos, como o problema de considerar como contrário da sanidade a loucura, ou que na ausência da sanidade nada poderia se sustentar; ou ainda que a loucura nos levaria ao limite de sustentar a própria vida, roubando-a através do suicídio. Lembrei-me do russo, Dostoiévski, e do alemão, Nietzsche, que defendiam a ação do suicídio como uma forma racional, libérrima e civilizada de morte. Uma morte digna e por escolha, portanto, razoável e não motivada pela loucura. Marx e Durkheim também escreveram textos clássicos analisando razões coletivas para suicídio, e de certa maneira criando entendimento desta possibilidade de morte, não como ausência da razão, mas como resultado de condições sociais extremas. De modo diverso, adotei o desejo de manter a vida e da realização de sua potência, contrário, portanto, ao suicídio, utilizando o argumento caro a Spinoza.

Quis sustentar um ponto de vista, talvez polêmico, em que a ausência da sanidade, e, portanto, seu desconhecimento, não tornaria inviáveis as civilizações, mas geraria outras possibilidades sociais, políticas, culturais, econômicas, estéticas e simbólicas. Com isso tomei a Sanidade como personagem prepotente e soberbo, que considera a si mesma essencial para a existência humana. Isto está de acordo com o que sabemos sobre sua vinda à terra dos loucos, quando não faz sacrifício.

Aproveitei este diálogo de uma só voz também para repassar, minimamente, o que se pode esperar das fábulas e dos mitos. Considero isso importante, porque todas as histórias reunidas neste volume tratam exatamente destes temas. Então, gostaria que o leitor observasse mais uma coisa. Veja que esta fábula antecede uma sequência de três outras em que o tema central é a cabeça e alguns de seus desdobramentos temáticos possíveis, como o equilíbrio, a sensatez e a calma. Essas três histórias são retiradas do mesmo Odu Ifá, Ejiogbe, que tem na cabeça um de seus aspectos mais determinantes. Falarei disso nos comentários que ainda estão por vir. A fábula seguinte, que se coloca depois dessas três, tem o título "A cabeça", encerrando um conjunto de histórias e também de reflexões sobre o assunto.

Por fim, gostaria de mostrar ao leitor que essas cinco fábulas ocupam uma posição relativamente central na organização do livro. Fiz essa escolha por considerar a cabeça, e todas as possíveis ponderações que fazemos a partir de suas analogias, um dos temas mais importantes e recorrentes da literatura oral de Ifá.

O construtor de labirintos

Esta é uma fábula criada por mim a partir de uma indicação que aparece no Odu Ifá Babá Ejiogbe. Mas dizer isso não é suficiente para esclarecer o que me parece ser necessário sobre ela.

No tratado *Disse Ifá* encontramos o título "El nacimiento de Ayaguna". E esta mesma história já ouvi ser contada por babalawos que a chamam de "O caminho do Minotauro". Quero explicar isso dizendo uma coisinha ou outra sobre o sincretismo.

Antes de mais, é preciso ser dito que o sincretismo é fato irrefutável. Portanto, qualquer reflexão sobre o sincretismo não poderá partir da intenção de negá-lo, ou superá-lo, ou reverenciá-lo: ele é um fenômeno religioso por excelência, um dos traços de maior importância e até mesmo de obviedade para que se possa compreender a experiência religiosa (ou espiritual, ou metafísica, ou como se queira chamar). Dizendo de outra maneira, o sincretismo, em todos os aspectos, define o fenômeno religioso.

Dito isso, e para dar curso a esse assunto, é forçoso começar pelo início, ou seja, que a palavra sincretismo deriva do grego *sygkretismós*, e traduz a necessidade dos habitantes da Ilha de Creta se reunirem para dar combate a inimigos comuns (*sin – cretós*). É difícil dizer exatamente quando se originou a expressão. Creta experimentou intermináveis ocupações ao longo de sua história. Por lá passaram sociedades do neolítico; há quase quarenta séculos, estabeleceram-se os minoicos; depois, vieram os fenícios, os aqueus, os romanos, os vândalos, os eslavos, os árabes e os otomanos, para ficar só entre os mais notáveis. A ilha é uma miscelânea infinita de tradições culturais, arranjadas pela posição estratégica que ocupa no Mediterrâneo oriental e por inumeráveis atividades comerciais realizadas ali desde sempre. Então, a palavra sincretismo já vem carregada de sentidos históricos ligados à junção, reunião e mistura do que é diferente.

Mas Creta também foi palco de pelo menos dois mitos gregos bem conhecidos. Foi na ilha cortada que ocorreu a história do Labirinto do Minotauro. Foi lá que Teseu, ajudado por Ariadne, matou o monstro e conseguiu escapar vitorioso. Foi lá também que o engenhoso Dédalo fez asas de penas coladas com cera, para ele e seu filho desatinado. Apesar dos avisos do pai, Ícaro voa em direção ao Sol e, bem, todos conhecem o fim da história: a cera derrete, as asas se decompõem, ele cai no mar e morre miseravelmente. Então, obedecendo à etimologia da palavra e respeitando os mitos gregos, sobre o sincretismo é bom ter cautela: não podemos nos perder e nem ir longe demais.

Na maioria dos casos, o sincretismo – assumido aqui como associação ou fusão de matrizes culturais diversas e, portanto, assunto que vai além do tema religioso – é visto com olhar de generosidade cosmopolita. Afinal, a harmonia entre os desiguais é uma ambição pretendida pelos diplomatas, pelos tolos e pelos santos, desde sempre. Mas, vejam: é fácil encontrar aqui mais de um problema. Primeiro porque muitas vezes o entrecruzamento de tradições não se realiza pela utopia dos trâmites amigáveis, mas pela guerra. O caso provável que deu primeiro uso ao termo em Creta já supunha o conflito em sua raiz etimológica. As invasões constantes de infindáveis povos ao pequeno território insular provocaram a necessidade de reunirem-se os cretenses contra seus inimigos e geraram o fenômeno de uma cultura multiforme. Dessa maneira, estamos autorizados a pensar que o sincretismo é necessariamente conflituoso.

Segundo, e ainda mais determinante para medir o peso do assunto, a reunião de diferenças não é de natureza sincrética; é ecumênica. Esse talvez seja um erro muito comum, e por isso mesmo devastador. O maior desejo do sincretismo é encontrar o acordo entre as diferenças, o ponto de contato, o lugar onde podem desaparecer aspectos particulares, deixando evidente apenas o que se supõe semelhante. O estranho, por ser diverso, assim como o estrangeiro, invasor da antiga Creta, deve ser combatido e expulso. Na ilha restariam os absorvidos e os novos dominadores, capazes de mútua influência e adaptação, é verdade; mas sem o respeito ao caráter muito próprio à fração única, independente e irrepetível de uma cultura. Provocadoramente pode se acusar o sincretismo de intolerância.

Além disso, o sincretismo produz uma crise ontológica. Crise, porque é simultaneamente uma fratura e uma adequação. Fratura, na medida em que ocorre algum nível de rompimento com uma tradição. Mas enquanto se produz como fratura, se reinventa igualmente como novo sistema adequado, gerando novas formas de identidade compostas. Dizer do sincretismo que ele possui essa natureza não constitui crítica ou novidade, mas simples constatação. O sincretismo é fato inquestionável. Não se trata de apontá-lo como fenômeno estranho ou ilegítimo; ao contrário: o sincretismo é uma realidade muito mais comum do que muitas vezes se quer admitir – ainda mais se optarmos em deixar em aberto suas possibilidades de utilização hermenêuticas.

Em última instância, o sincretismo fala de dinamismos e, por esta mesma razão, de sucessão intermitente de crises. Admitindo que esta percepção suponha constantes alternâncias, a ideia de pureza cultural, da defesa sectária das tradições, é virtualmente impossível – além de flertar com o ridículo e com o totalitarismo. As experiências culturais em que são notáveis os constantes fluxos e interações de diferentes matrizes demonstram – em grande parte das vezes – estratégias sociais extremamente inteligentes e adaptáveis, o que permite também perpetuar tradições. Por esta razão, é preciso dizer que as estratégias sincréticas ocorrem sempre levando em conta um certo nível de perdas e ajustes ortopédicos das identidades. Desta forma é que podemos apresentar o sincretismo como uma crise ontológica.

Sem fugir da boa briga, preciso reconduzir esse debate em direção ao religioso. Então, devo dizer que no sincretismo existe um *comércio de perdas*. Porque, em nome de um suposto ajuste de ideias, da aproximação de uma identidade, os deuses se despotencializam, transformando-se em uma outra coisa que jamais teriam sido sem o concurso interferente de uma tradição estranha. Alguns diriam que esta é a própria dinâmica das culturas, que o acréscimo de diversidades contribuiria para a ampliação de horizontes humanos, que, afinal, somos todos filhos da Grande Mãe Terra, que partilhamos identidades, que cultuamos, sem saber, os mesmos deuses. Mas muito cuidado: se nos sentimos aptos a concordar com esta reflexão, podemos jogar fora tudo o que a antropologia produziu nos últimos tempos, junto com todos os estudos de hermenêutica, semiótica e sociologia do conhecimento. Tudo no lixo!

Precisava dizer essas coisas. Porque a história do Nascimento de Ajagunã, "El nacimiento de Ayaguna", é uma das muitas histórias que encontramos nos compilados afrodiaspóricos de Ifá com esta mesma tendência sincrética. Frequentemente são referências bíblicas, do Antigo e do Novo Testamentos, como à Árvore da Ciência e a expulsão do Paraíso, ao Dilúvio e à Arca, à Torre de Babel, entre outras mais. Como recurso mnemônico, é admissível; como apelo sincrético, é no mínimo discutível.

Não vou recontar a história do nascimento de Ajagunã – divindade da guerra e da fúria incontrolada dos campos de batalha. Também não vou discutir a lenda de Teseu, Ariadne e o Minotauro de Creta. Só desejo lembrar que as duas narrativas possuem referências ao labirinto, à mulher apaixonada, que oferece o fio e o novelo salvador, ao herói e ao monstro derrotado. E mesmo assim temos aqui pelo menos um problema grave: Ajagunã não é um herói como Teseu; é uma divindade! Se desejássemos fazer investimentos no sincretismo, Ajagunã deveria ser identificado a Ares, deus da guerra dos gregos. Os deuses, é sempre importante lembrar, são potências da natureza, com forte caráter anímico a eles associados. A este tipo de aproximação, em que um deus se vê aproximado a um herói, a um semideus ou a um ancestral divinizado – mesmo estes – poderia chamar de *complementaridade enviesada ou combinação sinuosa*, tão comum nas associações sincréticas. Não ocorre sequer uma simetria neste tipo de parentesco.

Foi pensando nesses problemas que resolvi me apropriar do tema do labirinto para escrever minha própria fábula afrodiaspórica. Também não desejei reescrever a história que conheço do tratado *Disse Ifá*. Pretendi, porém, oferecer uma alternativa aos elementos simbólicos associados ao labirinto, e que serviriam para refletir sobre os temas que Baba Ejiogbe suscita, como o tormento de uma cabeça inteligente, capaz de criar mundos e se perder dento deles.

Orunmilá foi visto no mercado

Esta história me foi contada pela primeira vez há poucos anos pelo babalawo carioca Rodrigo Ifayode Sinoti. Compartilhamos muitas coisas, Rodrigo e eu. Entre elas, acredito que possa confessar algumas aqui, como a amizade, a família e a história – o que já seria suficiente. Mas também temos em comum os mesmos interesses religiosos e intelectuais, a mesma obsessão por conhecer e contar histórias. Principalmente as histórias de Ifá.

Em 2018, Rodrigo estava oferecendo um curso no departamento de filosofia da UFRJ sobre Ejiogbe, o primeiro dos duzentos e cinquenta e seis Odu Ifá. Foi quando me trouxe esta história. Na ocasião fiquei sabendo que a passagem de Orunmilá pelo mercado poderia ser encontrada no volume que se dedica a Ejiogbe, de Osamaro Ibie. Não esqueci mais dela. E nem poderia. Porque a história traz alguns desafios muito interessantes de interpretação, inda mais se entendemos a importância de Ejiogbe e os elementos simbólicos que se apresentam aí.

De todos os Odu Ifá, Ejiogbe é aquele que mais histórias temos acesso. Somente no tratado *Disse Ifá*, podemos chegar a conhecer noventa e cinco dessas narrativas, entre mitos e fábulas. Além delas, nos livros de Osamaro, Popoolá, Epega, Karenga, Guilhermo Castro e mesmo no *Tratado da Venezuela*, encontramos ainda outras mais. Ejiogbe é importante por ser o primeiro, é correto dizer. Mas não é somente assim que reconhecemos seu valor. Neste Odu Ifá podemos nos deparar com descrições de cerimônias, explicações sobre significados litúrgicos, mitos cosmogônicos, entre diversas narrativas sobre os mais diferentes temas.

Ejiogbe, porém, é um Odu Ifá em que o respeito à inteligência parece ser fundamental. Não por acaso, é em Ejiogbe que podemos encontrar alguns mitos e fábulas que narram a importância da cabeça, seja como morada do destino (*ipín*), seja como a representação dos aspectos racionais da humanidade, seja como metáfora de liderança, de governabilidade, de criação ou de seus contrários. Em Ejiogbe a cabeça ganha talvez seus traços mais virtuosos, enquanto também previne das mazelas menos desejáveis para nossas existências. E foi com esse viés que me interessei tanto por esta história.

Orunmilá é a divindade da inteligência, do conhecimento e da sabedoria. O patrono do oráculo de Ifá. Ele sempre é apresentado nas histórias como o sábio, o conselheiro, o sacerdote, o babalawo de grande conhecimento, o professor, o tradutor e o diplomata. Mas é claro que todo Orixá é dotado de atributos análogos, porém direcionados a seus predicados e índoles próprios. Não quero me alongar com exemplos aqui, mas desejo insistir no caráter racionalista da divindade e do personagem Orunmilá. Se aceitamos que a humanidade é, simultaneamente, definida como racional, emotiva e volitiva, Orunmilá frequentemente recomendará o uso da razão como equilíbrio da emoção e da vontade. Não se trata de cinismo ou insensibilidade. De forma alguma. Mas, devemos reconhecer, boa parte de nós, criaturas humanas, somos levados reiteradamente a tomar decisões e pensar em nossas vidas a partir de critérios ditados pelo que sentimos e pelo que queremos, deixando a razão atuar em escala menor ou – ainda mais grave – para justificar nossos sentimentos e querências. A razão, portanto, pode ser requisitada para se apresentar como mediadora de nossos próprios conflitos.

Nesta história que recontei, Orunmilá anda pelo mercado colecionando desafetos e humores coléricos. A insatisfação é crescente, por ter desafiado um homem sem pernas, outro sem mãos e o último sem olhos, todos com o mesmo constrangimento "Qual é o seu problema?". Quando, finalmente, é obrigado a se explicar, Orunmilá diz que a busca pela felicidade é um compromisso de cada um de nós, e não seria no chão do mercado o lugar para obter sucesso nesta empreitada. Muito complicado. Sei disso. Mas é preciso saber outra coisa sobre a base do pensamento iorubá para entender a sabedoria que Orunmilá compartilhou no mercado.

O entendimento acerca do destino é complexo. Complexo não só por ser, para a maioria de nós, misterioso, mas porque acima de tudo é composto de elementos diferenciados, porém igualmente associados, como em camadas de um doce que acabam por se misturar, por assim dizer. Os iorubás possuem diferentes palavras que podem ser traduzidas como destino. Entre elas temos *ipín* – o destino que trazemos conosco ao mundo –, *ayanmo* – o destino que nos é imposto –, *kadara* – a maneira particular como vivemos nosso destino – e *akuleyan* – o destino que escolhemos de joelhos. (Uma observação necessária: Odu não deve ser traduzido como destino, mas como "livro volumoso", assim ensina o estudioso baiano Félix Ayoh'omidire em sua tese *Yorubanidade mundializada*, de 2005. Mas se for irresistível associar Odu a destino, estamos autorizados a dizer que Odu é um extenso conjunto de destinos possíveis. Desta forma, todo Odu Ifá é plural, nunca singular). E com esta última definição de destino – *akuleyan* – precisamos ter prudência.

Akuleyan, o destino que escolhemos de joelhos. Fazemos esta escolha antes de nascer neste mundo, o *Ayé*. A sugestão de que a fazemos de joelhos indica um gesto de humildade, ao mesmo tempo que parece nos colocar na condição de implorar pelo próprio nascimento, nos termos que escolhemos nascer. Ora, isso nos faz pensar que somos quem somos, exatamente como somos, com virtudes e falhas, dotados de qualidades e defeitos, facilidades e bloqueios, vantagens e limitações, porque assim escolhemos ser. Se tomo isso como verdadeiro, como um pensamento que compõe e estrutura a cultura iorubana, então, lamentar a própria condição é um equívoco existencial. Porque a intenção de nascer e viver no *Ayé* é buscar – e conquistar – a felicidade, usando o que nos foi concedido a partir das escolhas que fizemos de joelhos, antes de chegarmos aqui.

O desafio de Orunmilá, perguntando aos mendicantes do mercado "qual é o seu problema?", só pode ser devidamente compreendido, portanto, conhecendo a noção de *akuleyan*. De outra forma, Orunmilá não seria sábio, mas perverso, cínico e preconceituoso.

Por fim, e para voltar a Ejiogbe, a cabeça e as metáforas da razão, a proposição feita por Orunmilá no mercado é baseada em uma compreensão estritamente racionalista da ontologia iorubana. Ser é poder ser. E esta potência precisa ser todo o tempo provocada, questionada, confrontada, revisitada. Senão deveríamos singelamente concordar, sem hesitação com o sábio Parmênides, para quem o ser é, e o não ser não é.

Lembra!

Toda história guarda outras histórias dentro de sua caixinha de maravilhas. E a história que tenho para contar desta história é quase tão boa quanto ela mesma.

Entre os dias 19 e 21 de novembro de 2021, enquanto ainda sobrevivíamos à morte e à loucura desatinada, participei de uma empreitada tão preciosa quanto valente. Por muitos motivos e sentidos, preciosa e valente. Foi o I Simpósio de Inteligências Ancestrais, realizado pelo Núcleo de Inteligências e Filosofias Ancestrais, ligado ao Programa de Pós-Graduação em Filosofia da UFRJ. O Núcleo é o resultado exitoso dos professores Fernando Santoro, Marli Azevedo – Ìyá Marli Ògún Mejire Azevedo – e Carlos Henrique Machado Veloso – Olùkó Bàbá Ònà Oosatúnmise Adisá – todos ligados à UFRJ. Conheço os três há algum tempo. Santoro, há trinta anos – ele talvez não saiba disso, mas foi meu professor na graduação –, Marli (Iaiá querida!) e Carlos Henrique – a quem peço licença para chamar carinhosamente de Onã – conheço há pelo menos cinco anos.

O Simpósio foi realizado na Associação Ilê Axé da Oxum Apará, em Itaguaí, a antiga casa de axé do grande babalorixá Jair de Ogum. O sacerdote havia falecido pouco mais de um ano antes, em agosto de 2020. Por cerca de quatro décadas sua casa foi referência para muitos religiosos brasileiros, tendo sido ele conhecido pelo título de "Rei da Umbanda no Brasil". E, de fato, contam-se aos milhares aqueles que se beneficiaram das consultas, orientações e sessões de cura que realizava lá.

Chegamos sexta, à tardinha. Fomos recebidos carinhosamente pelo filho e herdeiro espiritual de Jair de Ogum, Leonardo Lázaro, e sua esposa, Silvana Santana. Não é preciso dizer, mas é bom sempre lembrar, que as casas tradicionais de Orixá, não importando a qual denominação se afiliem, costumam receber muito bem. Leonardo e Silvana fizeram isso e ainda mais. Comemos muito bem, conversamos muito, aprendemos muito e conhecemos um tanto da história de Jair de Ogum e de sua casa, tão importantes para a memória da religião de Orixá, no Rio de Janeiro e no Brasil. Leonardo e Silvana, em três dias, tornaram-se bons amigos.

Conto isso para criar a atmosfera de que preciso. Devagarzinho foram chegando os convidados e os participantes do Simpósio. Ainda éramos poucos quando anoiteceu, a temperatura caiu e começou a chover. Tomamos café quentinho, comemos bolo e conversamos. Como não poderia deixar de ser naquelas circunstâncias, os temas de nosso bate-papo estiveram relacionados ao que havia nos reunido ali, ou seja, o pensamento em torno das religiões, particularmente às de matrizes africanas. Onã e eu começamos a contar algumas das histórias de que tanto gostamos, como em uma troca de brinquedos. Foi então que Onã contou esta de Ogbe, que tentei reproduzir neste volume.

Trouxe o leitor paciente até aqui porque me pareceu importante fazê-lo. Queria muito que todos soubessem em que condições ouvi a história pela primeira vez, porque se tratou de um momento especial. Era noite, chovia e fazia frio. Nos aquecia o café e o companheirismo. E quando Onã nos contou a estranha aventura deste personagem, Ogbe, decidido a nascer no mundo que conhecemos, ou que acreditamos conhecer, sentindo medo profundo e paralisador diante das coisas grandes, a floresta, o oceano, o deserto, confesso que senti uma emoção diferente. Foi como se o encantamento e a curiosidade tivessem saído juntos, de mãos dadas, para um encontro de namorados. Onã tornava a voz grave, baixa, quase sombria, toda a vez que Exu soprava para Ogbe, *Ranti*!

Não conhecia a palavra. O que é *Ranti*, Onã? *Ranti* quer dizer lembra, se lembra. Mas é um lembrar mais profundo. É uma lembrança de quem é, quem somos, uma lembrança ontológica. Onã me explicou, exatamente desse jeito, mais ou menos assim. *Ranti*! Não saiu mais de meus ouvidos também.

Depois daquele dia, insisti muitas vezes para que Onã recontasse a história de Ogbe, ao ponto de nos divertirmos com minha obstinação. Era eu quem precisava lembrar! Entenda, não quis saber onde ele a tinha ouvido ou lido. Não me importava se a havia recolhido de um tratado, de um livro, de uma publicação da internet. Nada disso despertou minha curiosidade. Me interessava ouvir dele novamente a narração, o tom de sua voz, Exu repetindo para Ogbe, *ranti*!, tendo o "r" se arrastando e o "i" estalado com a língua na ponta de seus dentes. Queria poder dizer, como estou agora fazendo, que ouvi dele, Onã, a narração da história de Ogbe. Acredito, vivamente, que deveria ser sempre assim. Ouvir as histórias. E, por favor, não cabe aqui qualquer crítica à escrituração do que as tradições orais imortalizaram – ou retiraram a morte e o esquecimento das contas que costumamos fazer em seus nomes. Mas ouvir as histórias é escutar a voz do contador, seus altos e baixos, e lembrar o momento em que foram contadas. Porque é muito pouco provável que as boas histórias sejam ouvidas em alguma situação trivial, fugaz, desimportante. Ficam as histórias e todo o resto que esteve com ela. O momento inteiro é guardado como coisa preciosa.

Bem. Esta é mais uma história retirada do Odu Ifá Ejiogbe. Para os sacerdotes de Orixá este signo recebe outro nome, Ejionilé, o oito dos dezesseis, e, de maneira correlata, possui histórias diferentes. Mas perceba que, apesar de tradições que foram se afastando como resultado de tantos eventos nocivos, entre eles a diáspora vilã, Ogbe é personagem comum, dono de traços relativamente correspondentes para ambas as heranças. E, como havia mencionado nos comentários anteriores, esta é uma história que desejei contar como que encerrando uma pequena sequência de três narrativas do mesmo Odu – assim me refiro, como disse, por reconhecer sua correspondência e familiaridade.

Já havia dito que se nascer neste mundo não é nada fácil, viver nele é ainda pior. Ogbe deseja nascer e, como ocorre em histórias assim, ele precisava fazer sacrifício, oferenda, ebó. Ogbe foi aconselhado a fazer ebó por seus divinadores. Repare que aqui não mencionei qual o recurso de divinação foi utilizado, ou qual a referência sacerdotal estava sendo requisitada. E não fiz em respeito a Onã, que me contou assim, como sendo divinadores, e porque é ele, Onã, um sacerdote de Orixá, conhecedor dos segredos do *Erindinlogun*, o "jogo de búzios". Por esta razão deixei sugeridos três dos modos de consulta oracular associados ao legado iorubano, o jogo de obi, o jogo de búzios e o jogo de Ifá.

O ebó precisava de um rato, um peixe e um galo. São animais frequentemente mencionados na literatura de Ifá. Este rato (*ekuté*) é um roedor grande, como uma ratazana, usado como alimento e como axé (e neste caso, axé está aqui indicado não exatamente como potência ou energia, mas como elemento mágico, utilizado em cerimônias e oferendas, como em um ebó). Está simbolicamente associado à fartura e à esperteza. De forma análoga, o peixe (*ejá*) é uma vianda e um axé. Ele também alude à abundância, sendo, além disso, signo do bom direcionamento da cabeça, no sentido de ser possível se orientar com inteligência, brandura e racionalismo. Os peixes, devemos nos lembrar, seguem seus caminhos tendo sempre a cabeça à frente. Por fim, o galo (*akukó*) é um animal identificado à vaidade, à petulância, à soberba e à inconfidência. Não é um bicho que desfrute de boa fama nas histórias de Ifá. Wande Abimbola, em sua obra capital, *Ifá: an exposition*, reserva um capítulo especialmente cuidadoso para analisar a importância de alguns animais na literatura de Ifá. Temo, porém, que para o caso específico desta história de Ogbe, seu nascimento no mundo e seus medos, eles não sejam mais que meios para um fim. Creio que ter um rato, um peixe e um galo consigo demonstra a capacidade de Ogbe de superar seus desafios com os recursos de que dispõe. E, afinal, foi o ebó e o concurso de

Exu que permitiram a Ogbe atravessar a floresta, o oceano e o deserto.

Sobre esses três ambientes me ocorre dizer que são, sem dúvida, metáforas para as dificuldades que enfrentamos em nossas vidas e como podemos nos assombrar diante de seu tamanho. Onã se referiu à floresta como *Igbo Iku*, a floresta da morte. Já a *Oniyi Òkun*, o oceano temeroso, e a *Asále òfo*, o deserto vazio, foram liberdades que tomei para nomeá-los, sempre assumindo que meu objetivo com este volume é principalmente literário. Pois é, mas uma coisa me incomoda nesta história: para onde seguia Ogbe? Não quero propor uma interpretação que busque a forma literal ou realista. Isso não seria possível nesta história, por alguns motivos óbvios, como, por exemplo, manter vivos um rato, um peixe e um galo dentro da algibeira, soltá-los e atravessar floresta, oceano e deserto segurando seus rabos. Não se trata disso, portanto. Mas onde queria chegar? Não é interessante pensar que não sabemos, nenhum de nós, e mesmo assim continuamos a seguir em frente?

Por fim, não poderia deixar de falar do instante de puro encantamento, quando Exu diz uma, duas, três vezes: *ranti*! Lembra! Onã comentou comigo que *ranti* não deve ser traduzido como uma lembrança trivial, como quem deveria se atentar para a chave de casa, do aniversário do amigo, ou da ordem da tabela periódica. *Ranti* indica um lembrar mais profundo, lembrar quem somos nós, lembrar nossos destinos, e reunir o necessário para seguir em frente.

A cabeça

Não sei se preciso falar muito desta história. Talvez deva dizer que ela é uma reinvenção literária feita por mim a partir de uma fábula que está no Odu Ifá Odi Oshe, ou Odi She, e que a encontrei no *Tratado* de Guilhermo Castro.

Não fiz qualquer alteração de seu sentido. Ela é assim mesmo: um jovem caçador volta sem caça da floresta, encontra uma cabeça humana decepada em seu caminho, fala com ela e ouve sua resposta. O jovem caçador volta para sua cidade muito assustado, conta sua estranha história e, com a desconfiança de todos que a ouviram, é obrigado a refazer a pergunta para a cabeça, que então não responde. Como punição, o jovem caçador tem a sua cabeça infeliz cortada e colocada ao lado da outra. Pronto! Simples assim, começo, meio e fim. Mas, me perdoe o paciente leitor, não resisto à tentação de falar uma e outra coisa.

E a primeira delas é sobre o personagem principal, apresentado como um jovem caçador sem caça. Ora, por que ele é jovem, por que é caçador e por que, justo naquele dia, não tinha caça? Para o interesse, talvez meio óbvio, que esta fábula parece nos fazer atentar, qual seja, o de ter cuidado com o que se fala, e com quem fala, a distinção do personagem principal como jovem caçador sem caça é totalmente irrelevante. Ou deveria ser.

Não acredito que tenha sido uma escolha qualquer. Os caçadores sempre tiveram muita importância, naquela região subsaariana da costa ocidental do continente africano, Golfo da Guiné, Benin, Nigéria e Camarões, pelo menos, sendo estendido seu reconhecimento para além do grupo étnico-linguístico iorubá. Lembro-me particularmente de escritores como Wole Soyinka e Chinua Achebe, iorubá o primeiro, e igbo o segundo, ambos nigerianos, referindo-se aos caçadores com a reverência de heróis. E, de fato, eram. Deles são contadas histórias de coragem, força, astúcia, ousadia e cuidado. Heróis do povo, não só por enfrentarem os perigos da caça, trazendo sustento para a cidade; mas porque muitas vezes seguiam à frente – *asiwaju* – para definir os melhores lugares em que se instalariam os novos povoados, os bons locais para obtenção de sustento, água e segurança. Não por acaso, são frequentes as histórias de Ifá em que caçadores exercem grande influência e destaque, inclusive representados na forma de divindades celebradas – os Odé – como Oxóssi, Erinlé – o caçador de elefantes – e até mesmo Ogum – mais frequentemente lembrado como ferreiro e senhor da guerra. Talvez pudéssemos pensar, por analogia, que os caçadores eram respeitados, amados e admirados de maneira equivalente a algumas celebridades – do esporte ou da política, quem sabe? – de nossos tempos modernosos.

O que desejei retratar logo no início da história que recontei foi a sensação de angústia e abatimento do jovem caçador sem caça. Se conhecemos, mesmo que superficialmente, a importância social dos caçadores para muitos dos grupos étnicos daquela parte do mundo africano, podemos tentar entender a frustração e a vergonha do jovem caçador que não havia conseguido trazer caça para a cidade. Sentimentos assim poderiam ser agravados pela longeva memória de caçadores que conseguiram fama no passado por seus feitos – "os fundadores da herança" – todos formando uma corrente que chegaria a ele – "Todos eles elos. Todos elos eles. E ele, elo também". E por este motivo "a comparação com os mortos é a pior". Então, o começo desta história com o jovem caçador sem caça não foi casual. Ela me parece querer nos transmitir a impressão de fracasso e desapontamento que em outras circunstâncias, ou com a escolha de outros personagens, talvez fosse mais trabalhoso caracterizar.

O protagonista da história é jovem também. E, igualmente, este traço distintivo não me parece ser fortuito. A juventude do caçador está associada a um comportamento imaturo, ingênuo, inexperiente e, até mesmo, inepto. Sua falta de maturidade aparece tanto no assombro com a cabeça que fala – mesmo isso! – quanto com suas reações nervosas, correndo, falando do assunto e se esforçando para que acreditassem no que havia contado. Esses aspectos pueris são acentuados com a presença do velho velhaco, que também caracterizei como um velho caçoador, para deixar bem clara sua oposição ao jovem caçador. Entenda, ele não é o oposto do personagem principal, senão teríamos um ancião, dotado de temperança e sabedoria. E não se trata disso. Ele é alguém lamentavelmente desprezível, que não recolheu bons frutos com o passar dos anos. A seu modo, o velho velhaco é, tal e qual o jovem caçador sem caça, imaturo e inepto, porém é malicioso, meio patife, e sem escrúpulos para se divertir irresponsavelmente com a situação que acabou criando.

Uma última observação sobre a história é acerca da cabeça. Ela falou mesmo? Porque se falou, estamos nos referindo a uma história fantástica, em que os mortos podem continuar falando através de suas partes decepadas. Mas não há problemas em histórias fantásticas. Ora, estamos falando de fábulas aqui. E são essas as narrativas em que coisas impossíveis acontecem. Mas, então, porque a cabeça não respondeu ao jovem caçador sem caça pela segunda vez? Pelo tumulto causado, pela presença de outras pessoas, pelo tom de desafio que se afigurava, pela lição que deveria dar? É difícil responder a essas perguntas. E talvez cada resposta seja aplicável para diferentes situações. Sim, porque não devemos nos esquecer, essas histórias não querem nos cobrar coerência ou veracidade; elas são fábulas de Ifá, e cumprem seu papel, acima de tudo, no momento em que aparecem no contexto das divinações. Por esse motivo, podemos ainda sugerir que a resposta da cabeça não teria passado de um devaneio do jovem caçador, um delírio, uma loucura qualquer. Coitado, nem aqui damos crédito a ele. Mas é também uma leitura possível, que redirecionaria totalmente a interpretação de um babalawo, na hipótese de se apresentar assim em uma consulta oracular. Então, além dos conselhos sobre ter cuidado com o que fala e com quem fala, diríamos também, cuidado com o que ouve, de quem ouve e o que acredita ouvir.

Por fim, e como já havia dito, esta história encerra uma espécie de conjunto central deste livro, em que a cabeça e os elementos a ela associados são apresentados. E de certa maneira ela anuncia a seguinte, também uma história de caçadores, inclusive com a menção a Odélayè, ancestral fictício dos heróis do povo.

Quando morrem os elefantes

Desta história tenho muito pouco a dizer.

E a primeira é que não pertence à literatura oral de Ifá, mas foi por ela inspirada. Mesmo considerando esta necessária e honesta confissão, preciso dizer que me recordo ter participado de uma consulta oracular, há pelo menos dez anos, em que se discutia o preparo de uma cerimônia. Lembro-me bem das circunstâncias, o local em que se realizou, para quem era e o que estava em jogo na ocasião. Mas, me perdoe o leitor curioso, essas informações não conto porque não têm qualquer interesse aqui, além de envolver pessoas que não sei se gostariam de ver suas vidas expostas de maneira tão leviana.

Bem, o Odu que se apresentou para a interpretação dos babalawos foi Ogunda Ika, Ogunda Ka ou Ogunda Kalare. Ouvi quando contaram e analisaram a história de um caçador de elefantes, que subiu e desceu montanhas atrás de sua presa, que deixou de fazer e depois fez ebó, que cortou o rabo de sua presa e que finalmente conseguiu o objetivo desejado. Curioso é que, depois de ter passado muito tempo desde aquele dia, a história que tinha na memória não guardava qualquer semelhança com a que havia ouvido. Era essa, da maneira como escrevi aqui. Bom, este mesmo Odu Ifá conta a história dos cemitérios de elefantes e talvez seja daí que advenha minha confusão. Passados anos, quando a contei do meu jeito, fui gentilmente corrigido por outro babalawo, que me alertou para o engano. Muito obrigado.

Mas se a memória me atraiçoou, pelo menos pôs em seu lugar uma fábula que – acabei entendendo dessa maneira – foi criada por mim.

A outra coisa que quero dizer é que, dentre as histórias reunidas neste livro, esta é uma das que mais gosto. Gosto inclusive do meu engano de tantos anos e de como, estranhamente, cheguei a contá-la desse modo. Gosto das imagens que ela me provoca, do disparate entre os tamanhos de Odélayè e de Obá Ajanaku, o caçador e o rei dos elefantes, e do tempo que passa, envelhecendo os dois inimigos, que então se tornam companheiros fraternos dessa jornada misteriosa a que damos o nome de vida.

É comum dizer que os elefantes têm boa memória. Mas nem sempre isso se mostra vantajoso.

As quatro irmãs

Esta história se encontra no Odu Ifá Irete Ika, Irete Ka, Irete Eka ou Ateka. Ela foi anotada por Guilhermo Castro em seu *Tratado*. Não a vi nas obras de Popoolá, Osamaro, Karenga ou Epega.

A versão de Guilhermo Castro é curta e direta. Como já havia observado em outra oportunidade, o interesse do grande babalawo cubano era deixar indicada a narrativa para que pudesse ser usada em consultas oraculares. De minha parte, além do que esta história pode fazer em benefício das pessoas que procuram aconselhamento, me importam também seus efeitos como literatura. Mais uma vez tentei trazer um tanto da prosódia das histórias tradicionais de Ifá, as repetições, o ritmo e os sentidos que as palavras vão ganhando enquanto as ouvimos.

A fábula das quatro irmãs, como tantas outras que encontramos na tradição oral de Ifá, é simultaneamente bonita e triste, o que pode nos fazer refletir sobre uma certa percepção pessimista da humanidade. Talvez isso seja verdadeiro; ou talvez isso espelhe somente a interferência de minhas escolhas.

As quatro irmãs são palavras-conceito, antropomorfizadas, como também são tantas outras. Isto fica evidente nas histórias que recontei aqui, do Dinheiro e da Amizade, de Hoje e Amanhã, e da Sanidade. Enquanto recurso exemplar que requerem as fábulas, desejando evidenciar seus princípios moralizadores, lançar mão deste tipo de personagem parece constituir uma das formas mais cativantes e, também, convincentes de contação.

A fábula das quatro irmãs tem um sentido talvez patente: trata-se de perder a Integridade e não a recuperar mais. É, sem dúvida alguma, uma perspectiva que não deixa espaço para indulgências. E, de fato, a única vez que ouvi esta história ser contada em uma consulta oracular, não parecia haver recurso para a ruptura ética provocada pelo consulente. Apesar de seu arrependimento sincero, o babalawo na ocasião o aconselhou a mudar de perspectiva, buscando alternativas para obter uma vida feliz. A insistência em obter perdão foi apontada como um erro, na medida em que não parecia razoável que o ofendido fosse capaz, pelo menos não naquelas circunstâncias, de estender a bandeira da paz.

Ao contrário do que possa parecer em um primeiro momento, gostaria de fazer duas observações. E a primeira é que existem situações que podem ser descritas exatamente desta maneira, como algo sem volta. Não sejamos ingênuos: são assim os fins de muitos relacionamentos. A segunda é que, da mesma maneira, a fábula das quatro irmãs possui um alerta grave sobre o compromisso que devemos observar com nossas condutas. Neste caso, a moral é uma ética.

Onde se esconde a sabedoria

Esta é uma história que encontrei no Odu Ifá Obara Oshe, Obara She ou Obara Moroshe, recontada por Guilhermo Castro em seu *Tratado*. Não sei se interessa defini-la como mito – porque divindades estão envolvidas, estabelecendo algo de muito importante acerca dos segredos de Ifá, configurando-se então como um mito etiológico – ou uma fábula – pelo evidente apreço à moral que deseja nos ensinar. Não sei também se saber disso, se é mito ou fábula, tem alguma relevância para seu conhecimento ou sua leitura aqui. De qualquer maneira, este não é um livro que se pretenda teórico, mas – e mil perdões pela presunção – de literatura.

Esta história começa com os filhos de Orunmilá, os sacerdotes de Ifá, os babalawos, sempre buscando por sabedoria. Mas tendo encontrado conhecimento, se afastaram da boa conduta que se requer de um sábio, acreditando que não precisavam mais do concurso de seu patrono. Desgostoso, Orunmilá reclama com Olofin, que convoca seus filhos, as divindades que chamamos de Orixás, para que possam discutir o que deve ser feito. Todas opinam, mas nenhuma faz uma sugestão que atenda a Olofin. Até que Orunmilá apresenta sua proposta e ela é aceita, determinando o que se deve fazer com o conhecimento de Ifá e explicando por que as coisas são como são. Este é o resumo da história. Agora sigo com um comentário que me parece pertinente.

A inteligência, o conhecimento e a sabedoria não são atributos exclusivos de Orunmilá. Todas as divindades possuem, e cada uma a seu modo, as mesmas qualidades. É claro que esses predicados assumem aspectos diferentes para cada Orixá. Então, a inteligência de que é dotado Exu não pode ser a mesma de Xangô, e que por sua vez difere daquela que podemos encontrar com Oxum, ou Iemanjá, Oyá e Oxalá. Essas virtudes são definidoras do caráter de Orunmilá, e isso é verdadeiro; mas estão associadas à inteligência, ao conhecimento e à sabedoria que podemos retirar de Ifá. E me parece extremamente importante insistir nisso. A sabedoria de Ifá não é universal, no sentido de não poder servir de maneira indiscriminada a qualquer cultura e religião, se impondo, constrangendo, sujeitando ou violentando outras formas de pensamento. Isto não seria sábio. E o mesmo devemos dizer quando colocamos Orunmilá ao lado de outras divindades iorubanas.

Não quero avançar muito neste tema agora. Ele me parece importante demais para ser tratado com a superficialidade de uma nota ligeira. Mas não posso deixar de observar que as divindades pareciam não saber o que deveria ser feito com o destino da sabedoria de Ifá, até que Orunmilá se apresenta com a solução. Ora, me parece que estamos diante de uma história em que se revela uma clara disputa de campo religioso. Ou, dizendo de outra maneira, um conflito de nomeações religiosas, identificadas com a mesma herança iorubana, e ainda assim diferentes.

Este é um tema grave, que merece uma análise atenta. Talvez um trabalho de antropologia ou sociologia; um trabalho que não assuma, por exemplo, Orunmilá e Oxalá somente como as deidades que são, mas como os índices de sacerdócios diferentes e que, tanto na

Nigéria quanto nestas bandas diaspóricas da América Latina, revelam conflitos que vêm ocorrendo cada vez com maior frequência. O que, de certa forma, é triste; mas é igualmente verdadeiro.

O fato de a sabedoria de Ifá ser escondida dos humanos em seus próprios corpos aponta para outros temas. Ifá está guardado em nossos peitos até que as cerimônias de iniciação sejam realizadas, e então o segredo seja revelado. De fato, para a correta validação desta narrativa como mito etiológico, devemos entender que aí se explica como se dão os processos iniciáticos; ou seja, trazendo à tona o que está preservado em nós. Sabendo disso podemos argumentar que esta sabedoria está como que adormecida bem debaixo de nossa pele e que se manifesta como Odu Ifá, nossos destinos revelados enquanto potência.

Por fim, esta história pertence a meu filho, João Pedro, para quem devo sempre agradecer por me ensinar sobre o quanto preciso aprender.

Oxalá é quem sabe

Esta é uma das histórias mais conhecidas das tradições religiosas identificadas com os Orixás, e também de Ifá, feitas com suas dobras e desdobras, africanas e diaspóricas. Ela foi contada inúmeras vezes por diversos autores que se dedicaram ao estudo dessas nominações do sagrado nos dois lados do Atlântico. E, como não poderia deixar de acontecer, as variações são quase tão frequentes quanto as vezes que a ouvimos.

No entanto, a versão de que mais gosto é a do querido professor de sociologia da USP, Reginaldo Prandi – a quem devemos sempre agradecer por suas contribuições em torno dos temas que se referem às religiões de Orixá no Brasil. Prandi a reescreveu com o título "Oxalufã é banhado com água fresca e limpa ao sair da prisão", em sua obra fundamental *Mitologia dos orixás*, de 2001. Não é preciso mencionar a qualidade de seu texto e o cuidado que sempre dedica à palavra, seja nos escritos acadêmicos, seja quando faz literatura. Ademais, a versão de Prandi conta com o peso de décadas de pesquisas de campo e de seu conhecimento erudito. E é isso que me interessa agora.

Nas notas que escreve para cada uma das histórias que reconta, Prandi vai nos mostrando de onde as recolheu, como as encontrou, de quem as ouviu. Quando comentou sobre esta, Prandi nos brinda com um rápido apanhado das versões e dos autores que trabalharam com ela, mencionando Roger Bastide, Pierre Verger, Natalia Aróstegui, Harold Courlander e Ulli Beier. Com a devida licença, ainda podemos acrescentar a indicação – e não a história recontada – que aparece em *As águas de Oxalá*, de José Beniste, do ano seguinte ao lançamento de *Mitologia dos orixás*, em 2002, portanto. E também devo incluir as versões que encontramos nos Tratados de Ifá que os babalawos da diáspora latino-americana utilizam, particularmente no *Tratado da Venezuela* e no *Disse Ifá*. Em todos os casos, a substância da história não se altera: Oxalá faz a viagem até à casa de seu filho, Xangô; durante o percurso ele enfrenta três desafios, ficando sujo e irreconhecível. Oxalá acaba sendo detido, levado para as masmorras do reino de Xangô e por lá fica encerrado, calado, imperturbável, por muitos anos. O reino entra em colapso e Xangô não sabe por quê. E é então que tudo se revela: Oxalá é libertado, Xangô carrega o pai em suas costas e tudo volta ao normal. Mas é preciso ter atenção em torno de algumas questões.

E a primeira delas é que, mesmo considerando a recorrência do substrato desta história, são tantas as variações que certos sentidos podem ser alterados. Por exemplo, na versão coletada por Bastide, em seu clássico *Imagens do Nordeste místico em branco e preto*, de 1945, Oxalá é Oxalufã, sua identidade mais velha, que vivia com seu filho Oxaguiã, que é também sua forma mais jovem (e já daqui poderíamos fazer muita leitura e interpretação). Oxalá vai à casa de Xangô, apresentado nesta variante como outro filho seu. O resto da história é relativamente igual. Não ocorrem, porém, as interferências de Exu, talvez fundamentais para o reconto deste mito. Também as razões da atitude de Exu variam: em um caso ele agiu para atrapalhar Oxalá simplesmente porque é Exu, como se sua natureza fosse sempre inclinada à desordem e à confusão; já em outro caso, Exu interfere na viagem de Oxalá para puni-lo de sua desobediência, visto que havia sido avisado em uma consulta oracular para não ir – e bem claro esteja, esta consulta também pode variar, sendo através do *Erindinlogun* ou de Ifá. Uma terceira opção, e foi a que utilizei aqui, Orunmilá recomenda que Oxalá não vá; mas por sua insistência – ou "teimosia", como escreve Prandi – o divinador o aconselha a fazer ebó; e mais uma vez Oxalá se recusa. Por último, Orunmilá pede para que ele tenha paciência. Só então aparece Exu, cobrando a boa conduta de Oxalá. Pois é, até de Oxalá!

Também variam os elementos que se derramam em Oxalá, sujando suas roupas. Em uns casos, trata-se de azeite de dendê, carvão e lama; em outros a lama é substituída por bebida destilada, sujeira, cola – como prefere Prandi, "substância enodoante", que deixa nódoa, mancha – ou como preferi, sangue. Em qualquer destes casos, estamos nos referindo a *ewós* de Oxalá, coisas que o prejudicam e que, por extensão, provocam o mesmo mal a seus "filhos" e iniciados. Esta narrativa, portanto, explica, como bom mito etiológico que é, de onde vêm os problemas de Oxalá com essas substâncias. Não é custoso lembrar que, para o senhor do pano branco, a limpeza é fundamental.

O filho de Oxalá é Xangô; mas ocorre também identificá-lo como Airá. Essa nomeação às vezes é tomada como uma "qualidade" de Xangô – um aspecto, traço de personalidade, ou modalidade – ou como um Orixá da corte de Oxalá, identificado com a casa de Xangô. Ocorre com muita frequência que os orixás recebam nomes e títulos diferentes, seja por algum atributo ou habilidade específicos, seja por uma particularidade de seu culto referido às muitas cidades-estado da região africana em que os iorubá têm predominância. Essas variações permitem pensar em uma certa plasticidade que possuem esses deuses, capazes de adaptação, não só nas condições impostas pela diáspora, mas igualmente quando tratamos de seu próprio berço.

Também não há consenso sobre onde podemos encontrar a narração deste mito. José Beniste afirma em seu livro, *As águas de Oxalá,* que ele está referido no Odu Ejí Onílè, que corresponderia no jogo de Ifá a Ejiogbe. Já para os babalawos parece haver acordo quanto a isto, podendo uma parte desta história ser apontada no Odu Ifá Osa Meji e outra em Irete Suka. Quanto a isso é preciso comentar que, apesar dessas disparidades, não há perda do sentido. As variações ocorrem sem comprometerem o que parece fundamental do mito.

Outro ponto, porém, em que parece haver unanimidade de opiniões é quanto a transformação deste mito em rito, ou seu possível inverso, a justificativa do rito pela contação deste mito. Todos os pesquisadores e sacerdotes, de Orixá ou de Ifá, parecem concordar que a cerimônia conhecida como "Águas de Oxalá" é relacionada a esta história. Prandi, Bastide, Verger e também Beniste e Maria das Graças de Santana Rodrigué – em seu *Orí Àpéré ó: o ritual das águas de Oxalá*, de 2001 – atestam essa relação. Mas assim como existem versões da mesma história, existirão igualmente diferentes formas de sua realização litúrgica. Afinal, cada *casa* é um caso.

Para terminar, gostaria de dizer que esta história é mesmo muito emocionante. E por algumas razões. Talvez seja com ela que possamos conhecer alguns dos traços de identidade mais queridos de Oxalá. Ele é pai amoroso, perseverante, paciente e brando. Oxalá é aquele que precisa de silêncio, tranquilidade, limpeza e organização. Oxalá tem senioridade e, com ela, sabedoria. Procurei usar várias imagens que aludissem a essas virtudes e assim homenagear Oxalá, Orisá Inlá, o Orixá maior, o grande Orixá, o mais grande. E não resisti ao jogo de palavras com seu nome. Oxalá é um termo de nosso idioma que tem como sinônimos outros, como talvez, todavia e quem sabe. Então pensei, se Oxalá possui sabedoria, e tantas vezes é apontado também como soberbo, intolerante e teimoso, então Oxalá é quem sabe. E quem sabe é aquele que sabe e igualmente é talvez e também todavia. Talvez é dúvida; todavia é desvio, bem como toda via é todo o caminho. Então Oxalá pode ser muitas coisas; pode ser muitas palavras. Ou, como no meu caso, e para outros que compartilham comigo sua natureza, Oxalá é tudo. Sem talvez e com quem sabe.

Postremo

Não queria encerrar o livro sem fazer uma última observação geral. É que fiz tantas e de tanto falei, às vezes até alongadas em excesso e inconfidentes por demais, que me passou o percebimento que precisava de mais uma para seu ponto-final. E ela é sobre o sentido que acredito ter a reunião e a organização destas histórias da maneira como pensei.

O leitor atento e sabido deve ter notado que o livro começa com uma história de Exu e termina com outra de Oxalá. É claro que não foi casual. Nas tradições religiosas afrodescendentes, afrodiaspóricas, que se estabeleceram no Brasil desde o século XIX, e que forjaram entre nós o Candomblé – e, posteriormente, todas as outras denominações do sagrado, influenciadas de alguma forma pela herança iorubana – Exu é o primeiro homenageado e Oxalá o último. Esse ordenamento se estabeleceu lentamente aqui no Brasil, baseado nas reconfigurações necessárias que a diáspora impôs. E é assim que fazemos e respeitamos.

As três histórias seguintes – "O pássaro de infinita beleza", "A pérola negra" e "A espera" – me parecem ter em comum o fato de serem fábulas curtas, como três movimentos de um pequeno concerto barroco. Elas foram contadas nesta sequência, e não em outra, porque acredito que são variações de um mesmo tema, ou temas. Quanto a qual seja, deixo ao leitor a escolha ou a descoberta.

"O Dinheiro e a Amizade" e "Hoje e Amanhã" também são duas fábulas curtas e estão ali como um intervalo, entre o início e o meio. De maneira análoga, elas contam algo sobre um tema comum, pelo menos em meu entendimento: a muito difícil arte de cultivar bons relacionamentos, aqueles a quem chamamos de amigos, com cumplicidade, confiança e entrega mútuas. Este é um assunto que me importa bastante, depois de ter ganhado e perdido tanto.

"A cidade dos loucos" é, propositalmente, uma ruptura de estilo em relação às histórias que havia contado até ali. Ela fala sobre loucura, de maneira a refletir uma mente atormentada, confusa e desconexa. Ao mesmo tempo, ela introduz o tema central das três narrativas que seguem.

Então vem mais uma tríade, desta vez tendo o mesmo Odu Ifá, Babá Ejiogbe, ou Ejionilé, ou Ogbe, como mote – "O construtor de labirintos", "Orunmilá esteve no mercado" e "Lembra!". Escolhi estas, e não outras quaisquer, porque nos contam algo fundamental sobre nossas escolhas, nossos destinos e nossas cabeças. Estão reunidas desse jeito como uma reverência à mulher que faz da minha vida algo suportável, com sentido e valor, Clara Zúñiga. O sentimento de gratidão que tenho aos deuses antigos por me terem posto seus olhos de maresia diante dos meus nunca se acaba.

"A cabeça" é uma história de transição. Ela tanto diz respeito às três outras que tinha acabado de contar, por conta do tema recorrente da cabeça, como alinhava a seguinte, como narrativas de caçadores. Repare o leitor organizado, então, que ela foi colocada para servir de encerramento das histórias anteriores e introdução às últimas que o livro vai contar. Se considero a tríade central de Ogbe, tanto "A cidade dos loucos" como "A cabeça", cumprem este mesmo papel.

"Quando morrem os elefantes", "As quatro irmãs" e "Onde se esconde a sabedoria" preparam o encerramento do livro. Também poderia pensar aqui novamente em um pequeno concerto em três movimentos. O tema, mais uma vez, deixo ao leitor a tarefa de perceber ou inventar. Mesmo assim, me parece evidente que "Onde se esconde a sabedoria" aponta para a conclusão do livro.

"Oxalá é quem sabe" está ali, por último, por algumas razões. Uma delas, já disse, em respeito à tradição do

Candomblé, que reverencia Oxalá depois de todos os outros. Mas também porque este volume tem algumas pretensões. E a mais manifesta delas é fazer literatura a partir do repertório de histórias que Ifá tem para nos contar. Retiramos dessas fábulas e desses mitos algo de fundamental para nossas vidas. Falo de encantamento, de fantasia, de conselho, de esperança e também de sabedoria. Oxalá, nesta história, reúne tantas virtudes que deveríamos guardar seu exemplo dentro do peito, para tentar viver nossas vidas com maior leveza e felicidade. De certa maneira, todas as histórias que contei antes preparam o espírito para ouvir esta última. E por isto também é o título deste livro.

É só.

Rogério Athayde é formado em História pela UFRJ. Tem Mestrado em Literaturas Africanas de Língua Portuguesa pela UFRJ e, na época em que este livro foi publicado, era doutorando do Programa de Pós-Graduação em Filosofia da UFRJ. É pesquisador do Núcleo de Inteligências Ancestrais (NIFAN), ligado à Pós-Graduação em Filosofia da UFRJ.

Foi professor de História do ensino médio por quase trinta anos e professor de Teoria, Metodologia e Epistemologia do departamento de História da UFRJ. Durante muitos anos, lecionou Antropologia em universidades particulares. Athayde foi professor convidado da UFF, pelo departamento de Psicologia Social e, da mesma maneira, professor convidado da UFRJ pelo departamento de Letras Vernáculas.

É autor de diversos livros, peças de teatro e ensaios acadêmicos. E o mais importante: é filho orgulhoso de Ajagunã, protegido de Exu, babalawo há mais de vinte anos e estudioso obsessivo dos assuntos relativos às religiões de Orixá.

fontes Vollkorn e Neutra Text
papel offset 75g/m²
impressão Gráfica Assahí, setembro de 2023
1ª edição